PABLO POVEDA

Invisible

First edition

ISBN: 9781073050291

Cover art by Pedro Tarancón
Proofreading by Ana Vacarasu

This book was professionally typeset on Reedsy.
Find out more at reedsy.com

Vete con él ahora que te llama, no puedes negarte, cuando no tienes nada, no tienes nada que perder, ahora eres invisible, no tienes secretos que guardar.

— Bob Dylan

1

Avenida Marginal (Paço de Arcos, Portugal)
  1 de septiembre de 2017

Marlena se había marchado para siempre.

Cada mañana, se levantaba con el recuerdo de su rostro en la retina. No lograba aceptarlo. La ingeniera se había marchado de su vida con un adiós demasiado doloroso.

Cada mañana, se sentaba en la terraza del apartamento en el que se habían escondido, su chófer y él, durante casi ocho meses enteros. Vivían en un acogedor ático de tres dormitorios, gran salón de carácter minimalista, y con una enorme terraza acristalada desde la que se podía ver el puente del 25 de Abril, la capital lusa, a lo lejos, y la Praia Vehia a escasos metros.

Frente al balcón cruzaba la avenida Marginal, una carretera que conectaba toda la costa, desde Lisboa a Cascais, y por la que miles de conductores pasaban a diario para ir a sus puestos de trabajo en la capital o en el pueblo de Belém.

Mariano había conseguido aquel apartamento gracias a un viejo contacto suyo, de cuando Portugal y España eran dos países separados por una frontera. Un periodo que desapareció con la Unión Europea, como las aduanas y los viejos servicios de inteligencia.

En un principio, no le pareció una mala idea.

Desde allí no será complicado regresar a España, una vez hubieran decidido cuál sería el siguiente paso. Sin embargo, la estancia se volvió pesada y estar frente al Tajo sólo le traía imágenes de sus últimas vacaciones en Montenegro.

Las palmeras se doblaban atacadas por la brisa marítima. Los botes de la costa se movían de lado a lado por la marea. El sol picaba sobre el agua y parecía que sería un día caluroso.

De haberlo deseado, podría haberse quedado allí, haber rehecho su vida como arquitecto, como empresario o como hubiera deseado, pero estaba obsesionado con ella.

De pronto, la puerta de la vivienda se abrió.

—¿Señor? —preguntó Mariano al entrar en el apartamento—. ¿Ha desayunado?

Don se había perdido buceando en sus pensamientos y en el hipnótico romper de las olas en la orilla de la playa. Se rascó el mentón, ahora poblado por una barba oscura y dura que le cubría toda la cara. También había dejado crecer el pelo hasta conseguir una melena lacia que le llegaba a la altura del lóbulo de la oreja.

—No —respondió—. Todavía no.

—Lamento ser insistente, pero deberíamos apresurarnos —contestó con gesto serio—. Nos quedan seis horas hasta Madrid.

Don comprobó la hora en su reloj. Eran las ocho de la mañana.

—Tienes razón, Mariano. Discúlpame.

A pesar de todo el tiempo que habían permanecido unidos, el chófer era incapaz de romper la distancia que existía entre

2

ellos.

Mariano guardó silencio y se dirigió a uno de los dormitorios.

Don se puso en pie y volvió a mirar hacia Lisboa. Su tiempo allí se había agotado. Ambos lo habían decidido.

Una vez pusiera un pie en España, no habría vuelta atrás, aunque para él nunca había existido ese escenario.

Para él, suponía un nuevo desafío.

Actuar como quien no era, como quien nunca había sido.

Ricardo Donoso había muerto para siempre, no sólo en un registro, sino también a la hora de moverse por las calles de la ciudad. Los ensayos por Portugal, la apropiación de una nueva identidad, como si de un actor de cine se tratara, era más complejo de lo que la opinión general creía. Desde hacía poco más de medio año se había transformado en Rikard Bager, un desconocido danés que, poco a poco y con la ayuda de Mariano, se había apropiado de su piel, de su forma de pensar e incluso del modo en el que miraba al mundo. Pero, a pesar de los esfuerzos, esa voz interior, calmada durante los últimos meses, había vuelto a despertar en él para susurrarle al oído por qué seguía vivo.

—Voy a recuperarte, Marlena —murmuró con los ojos clavados en el mar picado.

Tomó la taza de café que había junto a la mesa de cristal, dio un trago al líquido ya frío y volvió a dejarla donde estaba.

Sus movimientos eran lentos, pero precisos. Un fuerte cosquilleo recorrió sus órganos.

Llevaba demasiado tiempo sin actuar. Mariano no se lo había permitido. Y, en parte, se alegró de que hubiese sido así.

Ahora que tenían un plan, ahora que estaban dispuestos a regresar, se juró descargar toda esa ira cuando llegara el momento adecuado.

Era invisible.

—Vélez —murmuró de nuevo y esbozó una mueca de victoria en la cara.

Después se puso en pie y caminó hacia el interior de la vivienda.

* * *

Paço de Arcos era un pequeño pueblo costero en el que la mayoría de sus habitantes se conocían. A pesar de que sus apariencias no fueran muy diferentes a la de los locales, Don y Mariano no tardaron en ser el plato principal de la conversación cuando se dejaron ver por las calles con frecuencia.

Era el precio a pagar, aunque no dejaba de ser molesto.

Pese a todo, la seguridad del hermetismo luso, de un pueblo sin turismo y de una comunidad que no miraba con malos ojos al vecino español, la estancia se hizo segura y eran conscientes de que nadie los encontraría.

Llegar hasta allí no les había costado apenas, desde que Don viajaba como un pájaro libre. Quedarse, tampoco.

Abandonaron el edificio y atravesaron varias calles empedradas hasta llegar a la rua Costa Pinto y alcanzar la praça República. Una vez dejados atrás los lujos del pasado, Don había comenzado a apreciar la belleza de lo simple, el encanto de lo cotidiano.

La Tasquinha da Vilaera un restaurante situado en un bajo en el que ofrecían una carta limitada pero sabrosa. Aunque nunca había sido un ocasional de los bares ni de las tabernas, tanto el chófer como él encontraron en ese lugar un punto de desconexión de los caminos que habían tomado. La Tasquinha la regentaba un hombre calvo de aspecto simpático con el que se entendían en *portuñol*, esa mezcolanza de portugués y español que rompía las distancias entre los turistas vecinos.

—*Bom dia* —dijo al entrar y se dirigió a una de las pequeñas mesas del fondo.

El local no contaba con excentricidades y, más bien, la decoración era bastante austera.

Pidió el segundo café de la mañana y unos huevos revueltos mientras esperaba a Mariano, que se había quedado cargando el equipaje en el Peugeot 508 que les había prestado su contacto.

El lujoso sedán alemán que siempre había llevado, era parte de la historia, como su nombre.

Le costaba acostumbrarse a esa vida exenta de comodidades.

Se notó un poco nervioso. No era a causa del café, sino del trayecto que estaba a punto de realizar. No había transcurrido un periodo de tiempo demasiado largo desde que había abandonado Madrid y, sin embargo, se sentía como una década.

Su ciudad, su mundo, su fortaleza, ahora convertida en un desierto desconocido, en un baile de máscaras y puñales. La reciente experiencia le había enseñado que no podía confiarse. Un desliz más como el de Copenhague y terminaría con una bala entre ceja y ceja.

Y entre recuerdo y recuerdo, le era imposible no volver a verla en su carrusel de fotografías mentales. Cada vez que lo hacía, un fuerte pinchazo le atravesaba el esternón. La Marlena de sus amores se había despedido de él prometiéndole guardar su secreto. La mujer de su vida se había llevado lo único que convertía a Don en quien realmente era: una bestia con forma humana.

Tras una conversación liviana en la que quedaron muchas

incógnitas sin resolver, harta de tanto secretismo, la ingeniera se despidió con un beso en la mejilla y cuídate, para después subirse a un taxi que la llevaría al aeropuerto.

Nunca volvería a saber más de ella, oficialmente, aunque Mariano había logrado localizarla en Madrid.

Al terminar el almuerzo, apoyó los codos sobre la mesa, los pulgares sobre la barbilla, y dejó descansar el rostro mientras pensaba. Ahora que era otra persona, que su imagen había cambiado, era el momento de poner las emociones a un lado, aquellas que nunca le habían guiado hacia el éxito, sino hacia el más puro de los infiernos, y centrarse en ese desgraciado de Vélez.

Mariano le había puesto al tanto de quiénes eran, qué hacían y cómo habían sobrevivido al paso del tiempo. Ocho meses daban para un exceso de silencios, de conversaciones tardías y de botellas de *whiskey* vacías en la terraza de ese bonito apartamento.

Ocho meses en los que el exagente le había revelado quién había sido en el pasado y qué posición ocupaba en el tablero en esos momentos.

Al menos, en cierto modo.

—Sé que no me van a devolver a mi familia, pero quiero que paguen por lo que han hecho —dijo, una noche de luna brillante y cielo raso.

Venganza era una palabra que no llegaba a englobar todo lo que deseaba ese hombre. También guardaba secretos de Estado, información privilegiada y sensible que lo hacía más valioso mientras tuviera la boca cerrada.

—Quien realmente conoce el valor de la información, nunca la hace del todo pública —explicaba otra noche, acostado en el sillón de mimbre—. Y mucho menos se la vende a un periódico.

6

Ellos son los primeros que trabajan para el Gobierno.

En efecto, Don ni siquiera cuestionaba una sola de las palabras que ese hombre soltaba por su boca.

Sabía lo que hacía, le habían entrenado para ello.

—Un secreto deja de serlo cuando se comparte con otra persona —dijo en otra ocasión, mientras se refería a la ingeniera—. Me alegra saber que no se lo contó todo a la señorita Lafuente.

Gracias a su extensa red de contactos y a la valiosa documentación que poseía, Mariano había localizado a un funcionario público conectado a la red de informadores del CNI.

El sujeto trabajaba en Madrid como empleado en una importante aseguradora española y era una de las personas que tenía acceso a Vélez, fuera de su círculo interno.

Localizarlo e interrogarlo era el primero de los muchos objetivos de la misión que tenían por delante.

El último de estos era más que obvio: poner fin a la pesadilla.

2

Cruzaron el grandioso puente colorado y dejaron atrás la capital.

Antes de que el chófer empezara con sus preguntas y repitiera, por enésima vez, que no habría retorno, Don sopesaba si realmente estaba preparado para afrontar lo que tenía por delante. En el fondo, aquel no era su plan, sino el de Mariano. A él sólo le importaba volver a verla.

Las inseguridades se agarraban a su pecho como una corona de espinas.

Había soñado con el reencuentro desde el mismo instante en el que ella abandonó aquel hotel de Montenegro. Se preguntó si le habría perdonado, si sería capaz de darle una nueva oportunidad. Lo que más le aterraba era que ella se hubiera olvidado de él, de lo que habían creado juntos, aunque hubiese sido por un breve periodo de tiempo.

El amor, aquel término abstracto del que siempre había huido, al que nunca había llegado a conocer en profundidad, ahora le desgarraba las entrañas haciéndole sentir una pena que nunca había albergado en su interior por tanto tiempo.

Por primera vez en su vida experimentaba lo que era desprenderse de lo que más quería.

—Pararemos en Extremadura para repostar, cerca de Trujillo —comentó Mariano al volante del vehículo francés. Era espacioso, silencioso y disponía de las mismas comodidades que los de alta gama, aunque el olor de la tapicería era distinto. Había algo en el interior de esa máquina que marcaba la diferencia—. Después seguiremos hasta Madrid.

—Estupendo. Tú llevas el timón.

—Le recuerdo que...

Era cuestión de tiempo que lo mencionara.

—Sí, lo sé. Nada de comportarse como antes. Creo que el mensaje ha calado durante estos meses, Mariano.

El chófer chasqueó la lengua.

—Este no es un viaje de turismo, señor. Ni tampoco un regreso para recuperar lo que ha perdido. Ahora mismo, usted ya no es quien era, ni yo tampoco. Para ellos, todavía sigo con vida, de un modo oficial, quiero decir.

—Te entiendo. Pero eso no cambia nada.

—Ya lo creo que sí —replicó—. Volar hasta Portugal fue un movimiento arriesgado, aunque nos ha salido bien. Eso no significa que Vélez y sus hombres no hayan hecho el trabajo de mantenerse al tanto de mi localización, y por ende...

—La mía.

—Eso me temo.

—¿Cómo estás tan seguro de que saben que sigo vivo? —preguntó desconcertado. Hasta el momento, Mariano no se había pronunciado al respecto—. Supuestamente, mi cadáver yace en algún lugar lejano. Tal vez crean que decidiste abdicar, renunciar a lo que se supone que debías hacer y retirarte en Portugal para empezar de nuevo. Cerca, pero distante. No serías el primero. Acuérdate de...

—En esta ocasión... es diferente —murmuró con la atención puesta en la carretera. El vehículo no llamaba la atención y se mezclaba con el tráfico de coches, que tenían un aspecto similar. Los altos impuestos a los vehículos en el país vecino provocaba que muchos ni se plantearan adquirir coches caros—. Vélez no es estúpido. Sabía que regresaría y le envió a uno de sus hombres hasta Dinamarca. Casi nos cuesta un disgusto.

—Aquel fue un error tuyo y de Marlena, si mal no recuerdo...

Mariano volteó la mirada.

Sus ojos se encontraron.

Por primera vez, le hirió la insolencia del arquitecto. Todo lo que había hecho por él, parecía no significar nada.

—Lo importante es que supimos cómo resolver la situación —respondió. Él nunca hablaba de muertos, ni de objetivos. Siempre se refería a los enfrentamientos con sangre en términos relativos—. Pero eso no marca una diferencia. Una máquina de matar sólo es abatida por otra. Nuestra única salida fue el error que cometimos. ¿Existía otra opción?

—Paradójico —dijo Don y se recostó en el asiento.

Se formó un tenso silencio que duró varios kilómetros de trayecto.

—¿Ha pensado en ella? —preguntó rompiendo el vacío. Las palabras alteraron la tranquilidad de Donoso—. En la señorita Lafuente.

Las palabras obstruyeron su voz. No lograban salir.

Cargaban con demasiado sentimiento.

—Cada mañana, cada tarde y cada noche.

El chófer suspiró.

—No me refería a eso. Hablaba de lo que sabe.

—Marlena no dirá nada, puedes estar seguro, Mariano.

—A estas alturas de la vida, debería ser usted quien dudara de todo —contestó apenado. La inestabilidad emocional de su acompañante no mejoraba la situación—. Háganos un favor y manténgase alejado de ella, hasta que terminemos con lo acordado.

—Me temo que no tengo otra opción.

—Por su bien... No, no la tiene.

Después Mariano encendió la radio.

Una emisora portuguesa hablaba de la borrasca que se avecinaba para el fin de semana. Don miró hacia la infinidad del Tajo y el apartamento en el que había residido se convertía en una mota blanca en el horizonte.

El vehículo siguió la travesía del puente hasta llegar al final.

3

Calle Colón (Madrid, España)
  1 de septiembre de 2017

Antes de que llegara el mediodía, los rayos del sol calentaban las aceras y las sombras devolvían el fresco de un otoño prematuro que acecharía antes de hora. La gigantesca bandera rojigualda de la plaza de Colón ondeaba por encima de su cabeza.

Miró al cielo, pensó en ella, en su patria.

«¿Cuál es mi patria?», se preguntó con la mitad de un cigarrillo entre los labios.

El tabaco se consumía con el aire y la punta de la ceniza aumentaba por momentos.

Dio una fuerte calada.

Los coches pasaban a toda velocidad por la amplia calle.

«Mi patria soy yo», se respondió a sí mismo en silencio.

Después se quitó las *Ray—Ban Caravan* y miró de nuevo a la bandera, cegado por el trasluz.

Se puso de nuevo las monturas, pegó una fuerte calada y lanzó la colilla al asfalto.

Abrigado con una chaqueta de entretiempo, levantó el brazo en busca de un taxi, el cual no tardó en parar a escasos metros de él.

Le pesaba el cuerpo, había ganado algo de peso y comenzaba a estar viejo para tanto movimiento, pero siempre había sido así.

Abrió la puerta y entró en la parte trasera del vehículo.

—Buenos días —dijo con la voz de ultratumba que le caracterizaba—. Al número siete de Juan Bravo, por favor.

—Por supuesto —dijo el taxista y puso en marcha el contador.

El vehículo se movió y subió por la calle Serrano hasta llegar a Juan Bravo, después giró a la derecha y continuó hasta detenerse frente al esplendoroso edificio de la Embajada de Italia. Frente a ésta, avistó la terraza del restaurante Milford.

«Podría haberme dado un paseo», pensó al ver el contador, después sacó un billete de diez euros y se lo entregó al taxista, sin esperar el cambio. El taxi desapareció y él cruzó hasta el paseo de baldosa y jardín que dividía en dos sentidos la calle.

Sacó otro cigarrillo del paquete aplastado que llevaba en su chaqueta y comenzó a caminar cuesta abajo en busca de un perfil conocido.

Escrutó los rostros. Era un ejercicio inevitable. Entre las mesas había clientes de mediana edad y tercera edad, todos ellos disfrutando de un desayuno a deshoras, fuera del horario vacacional, fuera de la vida de esclavo que llevaba los otros tres cuartos de la ciudad. Dedujo que, probablemente, serían vecinos del barrio de Salamanca, con vidas acomodadas y un colchón económico que sustentaba las pieles bronceadas y los aires de altivez que desprendían al gesticular.

Los había visto por todas partes, en cada uno de los países que había visitado y, por ende, no los hacía especiales en absoluto, aunque ellos pensaran lo contrario.

Para él, nada de eso significaba un carajo.

En cualquier momento, sus vidas se podían ir al cuerno, al más profundo de los vacíos, ya fuera por estar donde no se debe, por hablar con quien no se tiene que hablar. En cualquier instante, un furgón los podría arrastrar calle abajo sin piedad alguna.

En la penúltima mesa, un hombre leía un ejemplar del diario El Mundo. En la portada aparecía la fotografía de uno de los yihadistas detenidos el mes anterior, tras la matanza de Barcelona.

Observó sus manos, blancas como el mármol de la mesa, y no tuvo la menor duda de que era él.

* * *

Vélez comprobó la hora y decidió que era demasiado pronto para empezar con el alcohol, así que optó por el café.

El hombre de cabello castaño y ojos turquesa, vestido con camisa blanca y pantalones crema, lo miraba expectante.

Todavía no se habían hablado.

—Llevo media hora esperando —dijo cerrando el diario con cierta indignación.

El exagente del CESID parecía indiferente ante su demanda.

—Te pagamos bastante bien —respondió finalmente cuando vio el café venir en una bandeja metálica—. Así que, si tienes que esperar, esperas... ¿Qué tienes para mí? `

No se habían vuelto a reunir desde el último encuentro en Barcelona.

Los recientes atentados terroristas del mes de agosto

forzaron pausar parte de la operación, aunque Vélez tenía la sospecha de que Mariano y Don podrían aprovechar la ocasión para regresar a España durante esos días. Después de todo, El Escorpión sabía, mejor que nadie, cómo funcionaban los comandos y cuáles eran las grietas del propio sistema.

Antes de que continuara con la explicación, el agente cambió de idea y pidió que le echaran un chorro de coñac en la taza. El desconocido lo miró con desapruebo.

—¿Algún problema? —preguntó Vélez.

—En absoluto —dijo y suspiró.

—Pues... tú dirás.

De pronto, notó cierta excitación en el treintañero. No le gustó aquel gesto. A nadie en su sano juicio le entusiasmaba esa clase de encargos. Aceptaban, cumplían y cobraban. Nada más. Aunque últimamente no había puesto bien el ojo a la hora de elegir, y sólo había encontrado lunáticos con ganas de desfogar sus fantasías más crueles.

Éste parecía ser diferente. Tenía aspecto de profesional.

—Seguí el rastro de los dos hombres que me indicaste —explicó con aires de satisfacción—. Tenías razón cuando dijiste que volverían.

Los ojos de Vélez se abrieron.

Una cosa era pensarlo y otra, que fuese cierto.

—¿Están en Barcelona?

—No. No se han movido de Portugal.

—¿Portugal? —preguntó.

«¿Qué demonios planea El Escorpión desde Portugal?», se cuestionó en silencio mientras escuchaba.

El hombre desbloqueó la pantalla de su teléfono y le mostró varias fotografías.

Eran imágenes de Ricardo y Mariano caminando por el barrio

de Chiado, en Lisboa.

—Un viejo amigo se los cruzó por la capital —explicó el contratado—. Parece que no han perdido el tiempo.

—Así que es cierto. Tal y como había pronosticado.

—¿El qué?

—Que está vivo. Ese cabrón está vivo... —dijo y se rascó la barbilla. El café estaba de nuevo en la mesa, esta vez aliñado con alcohol. Apagó el cigarro impulsivamente, aplastándolo contra el cenicero de cristal. Dio un sorbo y se quemó la lengua. Se lamentó hacia sus adentros y sintió un fuerte nudo en la boca del estómago.

Volvió a mirar al hombre que tenía delante, en esta ocasión con algo más de compasión.

—No me crees capaz de hacerlo, ¿verdad? —preguntó el joven, desafiante y frunciendo el ceño con desconfianza. No hacía falta responder, los ojos de Vélez hablaban por sí solos—. ¿Acaso crees que somos tan diferentes?

—El último... dijo lo mismo. Ahórrate el discurso, ¿quieres?

—Soy apto para este trabajo... ¿Te haces una idea de las ofertas que me hacen? —preguntó sonriendo con prepotencia—. Tengo la sensación de que has idealizado a esos dos hombres. Son de carne y hueso, como nosotros. Todos flaqueamos en algún momento.

—Ya te he dicho en varias ocasiones que no tienes idea de quiénes son. ¿Hace falta que lo repita? —protestó—. Me importa un carajo que hayas machacado cabezas de rusos en Ucrania. Estos hombres son invisibles a simple vista. Tus dotes de Van Damme no sirven de nada.

El muchacho estrechó la mirada. Las palabras del agente le habían herido.

Vélez no entendía cómo podía estar tan confiado. Él incluso

recordaba la primera vez con Donoso en el aeropuerto. Jamás olvidaría ese aura oscura que desprendía con cada gesto, a pesar de la presión a la que estaba sometido.

Por muy parecido que fuera a él, Don seguía siendo un enfermo, una bestia, un experimento perfecto. Lo más horrible de todo era que El Escorpión estaba de su lado, la única persona capaz de sacar el máximo potencial de su persona.

Si eso sucedía, pronto el sol no volvería a salir.

Volvió a acercase la taza.

Esta vez, el café estaba templado.

Se lo bebió de un trago y sintió el ardor del coñac atravesándole la garganta.

Sacó un cigarrillo en un acto instintivo, lo encendió y sopesó las palabras que había escuchado. Hasta que no tuviera nada mejor, debía confiar en él. Para eso lo había contratado.

—¿Has averiguado algo de la chica?

—¿La ingeniera? —preguntó y echó la cabeza hacia atrás. Sin permiso, cogió la cajetilla de tabaco y sacó un cigarrillo para él. Vélez odiaba que hicieran eso. De hecho, detestaba que se tomara esa clase de libertades—. Por supuesto... Está aquí, en Madrid.

—Así que ha regresado... Vaya, eso sí que no lo esperaba —dijo Vélez y lo miró en silencio. Una risa tímida se le escapó y guiñó el ojo, perdiéndose con la mirada en el horizonte de la calle—. Buenas noticias, ¿no? ¿Quién sabe? Quizá, usándola a ella como cebo... podamos pescar al tiburón.

4

Un cebo, eso era todo lo que necesitaba para traer de vuelta a Marlena. Pero la ingeniera no iba a morderlo con facilidad.

Habían dejado atrás Trujillo tras llenar el depósito de combustible y haber tomado un tentempié en el casco antiguo del pueblo. La autovía estaba desierta. El paisaje era llano, más seco de lo habitual a causa de la sequía y el caluroso verano que estaba haciendo ese año. Madrid se acercaba, estaban a punto de pasar Talavera de la Reina y en hora y media habrían llegado a su destino.

El almuerzo había servido para relajar las tensiones acumuladas en Portugal y organizar la agenda.

Una vez en Madrid, se hospedarían en un piso turístico durante un par de semanas, hasta haber aclarado la situación. Poco tiempo, quizá, aunque no planeaban quedarse más.

Los pisos turísticos aún permitían el anonimato, la estancia temporal y la ausencia de explicaciones. Los vecinos poco sospecharían de su llegada y eso ayudaría a no intimar con ninguno de ellos. Para pasar todavía más desapercibidos, Mariano había decidido instalarse en un lugar estratégico que rompiera con las costumbres a las que el arquitecto estaba acostumbrado.

La parada de metro de Alonso Martínez sería lo primero que el arquitecto vería cada mañana al despertar. Un tercer piso de dos habitaciones en la calle de Sagasta, encima de una icónica cafetería madrileña.

El precio del alquiler era excesivo, pero a Donoso no le disgustó la elección. Al fin y al cabo, siempre tenía la última palabra, puesto que era él quien corría con los gastos. Sin embargo, desde Montenegro, el chófer se había hecho cargo de todo y no podía ponerle más dificultades.

Debía acostumbrarse a su nueva vida como Rikard Bager.

—¿Qué se siente al ser danés? —preguntó el chófer, bromeando sobre la nueva identidad—. Me resultará extraño llamarle señor Bager, a partir de ahora. ¿Cómo se pronuncia? ¿*Bager*? ¿*Beiguer*?

Don se mantuvo serio.

Mariano tenía razón. Ni siquiera sabía cómo se pronunciaba el apellido.

Acostumbrado a tenerlo todo bajo control, la idea comenzaba a aterrarle.

—No importa —respondió pensativo—. Haremos como con ese jugador de fútbol... James.

—¿James? —preguntó el agente.

—Sí, tal como suena. Con jota.

—Bager, entonces.

—Supongo —contestó y volvió a guardar silencio. Sacó el pasaporte del bolsillo y revisó la documentación. Esa chica árabe le había salvado la vida y esperó haber hecho lo mismo con la suya. Hasta ese momento, no se había parado a pensar en que nunca más sería Ricardo Donoso. Había perdido su nombre, su distintivo, su identidad. Por ende, volver a ser quien era, sólo se trataba de un disfraz, de un teatro irrelevante. Las personas no son conscientes de lo mucho que significa desprenderse del nombre que jamás eligieron. Donoso estaba muerto. Ahora sólo existía Don o, mejor dicho, Bager—. Tenemos que buscar un modo de comunicarnos. Caer en el error, dispararía las alarmas.

—Por supuesto. Bien pensado, señor. Aunque no será fácil.

—Imagina que es un seudónimo, Mariano —prosiguió—. En ese caso, partiendo de que yo ya no puedo ser Ricardo Donoso y, por ende, no lo soy, tú tampoco deberías ser Mariano o, al menos, no debería llamarte por tu nombre... ¿Cuál sería tu seudónimo secreto?

La pregunta disparó una alerta en el cerebro del exagente.

Sin quererlo y de forma repentina, dio un fuerte volantazo hacia la derecha para volver a recuperar el control.

Los nervios le habían traicionado.

Don avistó lo sucedido y quiso pensar que había sido un error de cálculo o un obstáculo en la carretera. No obstante, al contrario de lo que el arquitecto podía pensar, en la cabeza de Mariano sólo se le aparecía la figura del artrópodo con su aguijón cargado de veneno.

Un nombre tatuado con la sangre del respeto, pero imposible de pronunciar. No podía contárselo, simplemente, no era capaz de hacerlo.

Revelarle quién era y cuál era su historial, sólo los separaría. Don jamás sabría quién era El Escorpión. Ese era el único secreto que no estaba dispuesto a contarle.

—No sé, señor. Déjeme pensar... Nunca se me han dado bien los nombres —dijo y fingió sonreír—. Imagino que vendrá cuando menos lo esperemos.

Don lo observó con cuidado.

Su chófer se había olvidado de quién lo acompañaba.

—Por supuesto, Mariano. Estoy seguro de que llegará.

* * *

Plaza de Alonso Martínez (Madrid, España)
1 de septiembre de 2017

Salió de uno de los portales de la calle Génova y caminó hasta la plaza de Alonso Martínez para tomar el metro. Estaba agotada, necesitaba un café y llenar el estómago, pero no tenía apetito para sentarse a comer un menú del día.

De pronto, tuvo una idea al ver el rótulo naranja de la cafetería Santander.

Esperó a que las luces le permitieran pasar y llegó a la calle de Sagasta varios minutos después. Pronto, las arboledas se quedarían secas durante meses.

Echó un vistazo a su alrededor como una niña pequeña.

Vestida con una blusa de manga corta y unos vaqueros ajustados, entró en la cafetería, pidió un café bien fuerte con unas gotas de leche y una ensaimada rellena de chocolate. En ocasiones, era necesario permitirse un capricho.

Sentada frente a la cristalera que daba a la calle, se preguntó por qué no hacía aquello más a menudo. Conocía la respuesta y era desagradable.

Aún podía sentir la presencia de Ricardo en ese hotel de Montenegro, tan sórdida y triste a la vez. Se había marchado

5

Joaquín Sans, cuarenta y ocho años, delgado, cabello oscuro y con la tez tostada. Empleado de una famosa empresa nacional de pólizas de seguro durante más de diez años.

Casado y sin hijos.

Sans era el hombre que buscaban.

Don dejó los folios sobre la mesita de noche y caminó hasta la cristalera de su dormitorio.

Era un edificio antiguo aunque remodelado. En efecto, Mariano había elegido un apartamento adecuado para la ocasión. Le gustaban las vistas, le gustaba sentirse en lo más alto. Por un instante, añoró las paredes de su apartamento del barrio de Salamanca, su antigua vivienda. Un amplio espacio arquitectónico libre de objetos innecesarios, de decoración superflua y de objetos que no servían más que para generar ruido. Anhelaba esa cocina americana con salón que él mismo había diseñado. Echaba de menos los compactos de Wagner o

23

Bach a primera hora de la mañana, retumbando en los cristales insonorizados de las ventanas mientras realizaba diferentes series de ejercicios físicos.

En resumen, echaba en falta una vida que quedaba lejana, tan lejana como su felicidad.

Pensó que regresar a Madrid habría sido diferente, más traumático, más emotivo.

Por el contrario, la entrada a la ciudad le resultó de lo más normal. Nada había cambiado y cayó en la cuenta de que tan sólo había pasado un año, quizá menos, ya no estaba seguro.

La primera noche apenas tuvieron tiempo para nada más que dormir. El viaje había sido largo e intenso. Tenían presente de que nadie les recibiría con agrado.

Semidesnudo frente al cristal, mirando cómo pasaban los coches en una mañana tranquila de fin de semana, se preguntó dónde estaría ella, si la encontraría en su casa de siempre. Probablemente, pensó y se le formó un nudo en la boca del estómago.

El silencio sepulcral en el interior de aquel cuarto era agradable. Por primera vez, sentía la calma absoluta de la ausencia de ruido. Él junto a sus pensamientos. Allí dentro, poco más podía hacer.

El dormitorio tenía una cama, una mesilla de noche, un escueto armario en el que había dejado la poca ropa que poseía. Don, convertido en Bager, había optado por reducir sus pertenencias al máximo.

El viaje a Oriente Medio le había dado una gran lección: todo pesa, hasta el pasado.

Mariano dormía en la habitación contigua y desde allí no se escuchaba ningún tipo de sonido, ni siquiera un ronquido, a pesar de que el chófer tenía sus noches ruidosas de cuando en cuando. Lo había sufrido en Portugal.

Abandonó la estancia y caminó hasta el amplio cuarto de baño, como antiguamente se construían, y abrió el grifo del lavabo. Hizo un cuenco con las manos y lo llenó de agua para después refrescarse el rostro.

Aquello lo despertó.

Con la piel empapada, se miró al espejo y encontró una mirada seria, oscura. Vio a un hombre con el pelo lacio, largo y revuelto por la almohada, y una barba que presentaba un aspecto desaliñado. Mantuvo la mirada al hombre que había en el reflejo y aguantó la respiración. Era parte del ejercicio diario.

Durante sus días en el país vecino, Mariano le había hablado, sin entrar en detalle, de una de las causas que provocaba sus frecuentes desórdenes mentales. Se llamaba disociación de la personalidad y ocurría cuando la persona perdía el contacto consigo mismo.

Él nunca llegó a creerse del todo lo que éste le contaba, pues sus palabras parecían huecas y vacías, sacadas de las páginas de una vieja enciclopedia. Sin embargo, Mariano le insistió en que se enfrentara a ese momento, a esa voz, aunque fuese doloroso, aunque sintiera el miedo. Estando él a su lado, nada le podía pasar.

Desde aquella conversación, Don había buscado cada mañana ese momento, a ese hombre que lo había llevado al borde de la locura, pero últimamente no aparecía, y eso era lo que más le aterraba: no poder controlarlo.

—¿Dónde estás, malnacido? —preguntó en voz alta mirándose al espejo. Silenció los pensamientos y penetró con su mirada en los ojos que tenía delante. Pero no escuchó nada. La imagen de ese hombre seguía siendo la suya, a pesar de no reconocerse, pero había aprendido a diferenciar lo que era una impresión, de cuando esa voz realmente le susurraba—. Vamos, di algo...

Las agujas se detuvieron. Nada parecía alterarlo.

De repente, se escuchó un traqueteo al otro lado de la puerta.

—¿Señor? —preguntó Mariano—. ¿Está ahí?

—Mierda... —murmuró hastiado. Otra vez, otro fracaso—. Sí, ya salgo.

Se secó la cara con la toalla y abrió la puerta.

Mariano, vestido con su inconfundible camiseta interior de tirantes y unos calzones de tela, lo examinó con la mirada.

—¿Va todo bien?

—¿Qué podría ir mal? —respondió, y sus miradas se cruzaron. Era extraño convivir con ese padre que nunca había tenido realmente; con ese compañero de piso al que no había conocido durante sus años de universidad. Era extraño convivir con Mariano, un hombre de apariencia sencilla que había formado parte de uno de los comandos de inteligencia más peligrosos del país—. Haré café.

Se puso unos vaqueros y una camisa sin abotonar, dejando al aire su torso atlético y trabajado, y se dirigió a la cocina.

Al comprobar la nevera, vio que estaba vacía. Después abrió el armario de la despensa y encontró un paquete de café y una máquina italiana antigua. Aquello serviría. Montó la cafetera y la puso en la vitrocerámica cuando escuchó el agua de la ducha. Después regresó a su habitación para leer, una vez más, el informe sobre ese hombre y encontró la puerta del dormitorio de Mariano abierta.

Sobre la mesilla de noche descansaba el teléfono móvil.

La imagen de la ingeniera explotó en su cabeza como una pompa de jabón. Quizá Mariano supiera dónde se encontraba.

Tal vez sólo intentara protegerle de ella, se cuestionó.

Tentado por usar el aparato, sintió que el agua de la ducha se cortó.

Acto seguido, regresó a la cocina y esperó a que saliera el café.

Mariano apareció por la puerta.

—Hoy nos espera un gran día.

—Es sábado. ¿Qué pasa hoy? ¿Vamos a ir al Prado?

El chófer sonrió.

—Mucho mejor. Vamos a encontrarnos con Sans.

6

Calle de la Princesa (Madrid, España)
  2 de septiembre 2017

El Madrid del fin de semana empezaba a cobrar vida. Por la calle de la Princesa, los taxis circulaban en dirección Gran Vía. Bajo el sol matutino, junto a la salida de metro de Ventura Rodríguez, Mariano se colocó las gafas ahumadas y dio un repaso al tránsito.

A la izquierda vieron la entrada del Palacio de Liria y bajo sus cabezas el emblemático edificio en el que les esperaría Joaquín Sans.

Habían viajado en coche, dejándolo resguardado en un aparcamiento privado. A partir de entonces, cada movimiento debería ser calculado y preciso, sin dar juego al libre albedrío que les rodeaba.

Don comprobó la hora en su reloj y echó hacia atrás la cabeza.

—¿Estás seguro de que hoy trabaja? —preguntó. Mariano inclinó la barbilla y lo miró por encima de las monturas—. Está bien, pero debemos buscar un lugar seguro. Aquí estamos a la vista.

Tal y como Mariano había pronosticado en sus diarios, Joaquín Sans trabajaba de lunes a sábado a excepción de los festivos.

Los sábados terminaba a las dos de la tarde, pero antes hacía una pausa a las diez y media de la mañana para almorzar en El Cisne, un restaurante de la calle Ventura Rodríguez que no quedaba muy lejos de allí.

—Cierto —dijo Mariano y tomó la voz de mando—. Todavía nos queda una hora.

Se colaron por la perpendicular y recorrieron varias decenas de metros hasta llegar a la puerta del restaurante. Frente a él, en la otra acera, comenzaban los locales de la plaza de Santa María Micaela.

Como un aprendiz, Don siguió los pasos de Mariano hasta la terraza de una cafetería que acababa de abrir. Bajo el plástico protector de la lluvia y un toldo de tela verde, pidieron dos cafés y media tostada con jamón ibérico para amenizar la espera. Si todo iba así como le habían informado, a las diez y treinta y dos de la mañana, su cita debía aparecer en la puerta de aquel lugar.

—No va a fallar. Lo sé. He esperado meses para este momento —comentó Mariano removiendo el café con la cucharilla.

No le faltaba razón, pero estaba expectante.

Desde Portugal había contactado con viejos compañeros del oficio, personas que estaban en deuda con él, ya fuera por haberlos dejado con vida o por haberlas salvado de una posible condena penitenciaria, para que vigilaran los movimientos diarios de Sans.

Lo sabía todo de él: su mujer se llamaba Irene Montalvo,

tenían una casa en la montaña a la que iban en verano y un enorme San Bernardo llamado Tom que había fallecido recientemente.

Sans practicaba la caza, era miembro de un club de tiro y jugaba los domingos al pádel con personalidades del mundo de las finanzas españolas. Empero, aquello no era lo más relevante. A Mariano no le interesaba lo que hiciera con su vida, siempre y cuando no estuviera relacionado con Vélez. Les habían fotografiado juntos. En tres ocasiones y junto a otras personas. Bien sabía el chófer que Vélez detestaba los eventos públicos, las reuniones con más de una persona y dejarse ver en sociedad. Era hermético, autoritario y carente de empatía.

Durante años, habían sido uña y carne.

Vélez era el discípulo perfecto, pero le faltaba ambición y había nacido para ser un redomado ante las órdenes del CESID y el Ministerio del Interior.

Todo se torcería con la supresión del PRET. Una alta traición que Mariano nunca le llegó a perdonar.

Cuando el nuevo ministro del Interior se enteró de lo que estaba sucediendo en las cloacas del CESID, antes de desarmarlo, se aseguró de que no quedara ni rastro del programa. Vélez, que había sido su apoyo, le traicionó cual Judas, dándole la espalda, cubriéndose la suya.

Mariano se había quedado solo, sin resistencia y, dada la negativa y la imposibilidad de acabar con él, le arrebataron lo único por lo que un hombre no estaba dispuesto a renunciar: su familia.

Tras muchos años de espera, supo que el momento de ajustar las cuentas llegaría.

Lo había perdido todo, pero también había conseguido que Donoso estuviera a su altura.

sin mirar atrás y jamás se arrepintió de ello.

Por muy enamorada que estuviera de él, cargar con un peso tan grande era demasiado.

Ricardo necesitaba una ayuda que ella no le podía dar. Al menos, eso era lo que había terminado creyendo por su cuenta.

Borrón, cuenta y vida nueva.

Ahora la ingeniera trabajaba en un una oficina de arquitectos, bastante más pequeña que los RD Estudios, aunque suficiente para seguir adelante. El salario no era el mejor, pero formaba parte del cambio, así como el cambio de residencia, a pesar de que el casero le hubiera prometido mantener el precio del alquiler.

Lo necesitaba, su interior debía desprenderse de esa tela viscosa llamada Ricardo y, poco a poco, lo lograría.

Disfrutaba de la monotonía, de llevar una vida normal, aburrida en ocasiones, pero en la que nunca pasaba nada que se pudiera catalogar de anormal. Marlena confiaba en que un día despertaría y todo se habría desvanecido en su memoria, que unos recuerdos sustituirían a otros, como había ocurrido con los rostros de esos exnovios de instituto, de los que apenas podía recordar algo más que sus nombres.

Eso era lo único que deseaba, porque sólo así volvería a ser feliz de nuevo.

Mientras disfrutaba de su momento de calma, café y repostería, en el centro del anonimato, lo que la ingeniera desconocía era que, en ese mismo edificio, tres plantas por encima del techo que la protegía, pronto su príncipe negro se hospedaría allí para encontrarla.

Nadie le había dicho que, en ocasiones, pensar demasiado en alejarse de algo, producía los efectos adversos.

El chófer estaba viejo y ya no tenía los mismos reflejos que en el pasado, aunque mantenía la cabeza intacta. Si era capaz de vengarse de quienes le habían quitado lo que más amaba, era contando con el apoyo de Don, el primer sujeto entrenado psicológicamente por él. Donoso todavía no era consciente de todo el potencial que albergaba.

Desconocía de lo que era capaz, pero estaba a punto de descubrirlo por sí mismo.

7

Restaurante El Cisne (Madrid, España)
  2 de septiembre 2017

Puede que tuviera un contratiempo.

A las diez y treinta y cinco, Joaquín Sans, vestido de traje, con monturas graduadas y el cabello tieso de fijador, cruzaba la puerta de El Cisne.

Mariano sacó un billete de cinco euros y lo dejó junto a los cafés.

—Es el momento —dijo y se pusieron en pie. Con paso firme, cruzaron la calle hasta alcanzar la puerta del local. Intercambiaron miradas silenciosas y se aseguraron de que era él. Sans tomaba asiento en la barra. Algo vibraba en el ambiente—. Iré a por el coche, no te demores.

Mariano se despidió y regresó por donde había venido para dirigirse al aparcamiento subterráneo. Don volvió a darle un vistazo.

El restaurante era una taberna de aspecto irlandés, decorada con barriles y madera.

Había una planta superior vacía en ese momento. La clientela era escasa y la comida que había en las vitrinas, de lo más normal. Era un bar en toda regla y Sans parecía conocer al hombre que había tras la barra.

Las órdenes habían sido claras: debía entablar contacto con él, entretenerlo y llevarlo a la calle contigua. Una vez allí, lo meterían en el coche, a pesar de que los pudieran ver. Había llegado la hora de asumir riesgos.

Don saludó y, como respuesta, recibió una mirada desairada.

Sans leía la prensa con la tranquilidad de alguien que disfruta de su almuerzo. El arquitecto se sentó a escasos metros compartiendo la barra de madera y pidió el tercer café de la mañana. Después echó un vistazo a la portada del diario en busca de un contacto visual amable, sin resultar agresivo.

Lo último que necesitaba era despertar la alerta de ese hombre.

—Enseguida termino con él —dijo cuando se dio cuenta de que Donoso leía los titulares de la portada.

—Está bien, no se preocupe. No me interesa tanto como parece...

Sans no respondió y volvió a observarle.

—¿Le conozco de algo?

Don fingió asombro.

—Ahora que lo dice... Estaba pensando en lo mismo. Puede que hayamos coincidido en alguna reunión de trabajo...

—¿Abogado?

—Auditor —corrigió Don y le ofreció la mano—. Rikart Bager.

El hombre frunció el ceño extrañado por su nombre y la claridad del acento.

—Vaya, no me suena su nombre, lo siento.

—Lo sé, es lo que tiene ser danés criado en Madrid, ¿no? —preguntó y ambos se rieron—. Usted es Joaquín Sans, si no me equivoco.

Levantó las cejas y cerró el diario. Había mordido el cebo. Llegó el café.

—No, no se equivoca. Parece que sí nos conocemos, pero usted juega con ventaja.

—Espere —dijo Don y le mostró la mano creyendo recordar algo—. El club de tiro, eso es.

Sus palabras dibujaron una sonrisa en el rostro del contacto. Le encantaba hablar del club de tiro.

—Puede ser, puede ser... Eso sí que es una sorpresa. No suelo coincidir con nadie del club en la ciudad.

En ese momento, Don notó que algo no iba bien. Sans estaba entrenado, a diferencia de él, y los encuentros casuales no entraban dentro de la fantasía de la jornada laboral.

La razón por la que almorzaba allí y no en otro lugar era, precisamente, porque lo hacía con conocidos, nunca con extraños. La presencia del arquitecto lo puso nervioso y, aunque intentó ocultar su reacción, era obvio que había cometido un error.

—Cóbrate el café, Miguel, llego tarde a una reunión... —dijo sacando un billete—. Ha sido un placer, señor Beger. Le veré la próxima vez en el club.

—¿Ya se va? —preguntó Don. Estaba improvisando. El corazón le latía con fuerza. Miró por el rabillo del ojo pero no encontró el coche francés en la puerta—. Quédese, hombre, que es sábado...

—De verdad, tengo que regresar a la oficina. Hablaremos otro día.

Don se puso en pie y le cortó el camino.

—Tan sólo un segundo...

34

—¿Qué coño hace? —preguntó empujándolo hacia un lado. La situación cobraba un tono violento, pero había un testigo. Sólo tenía que aguantar un poco más—. ¿Está loco? Apártese y déjeme salir.

—¿Ocurre algo, Quino?

De pronto, el arquitecto escuchó un motor procedente de la calle. Mariano llegaba en el momento exacto. Don sonrió y se apartó.

—No, nada —dijo con desprecio y salió hacia el exterior.

Mariano se bajó del coche, abrió la puerta trasera y Don se puso tras Joaquín Sans.

—¿Qué demonios? —preguntó éste al observar la escena, como si un coche se hubiera parado a recogerlo. Después sintió una punzada en la zona lumbar y la presencia de aquel hombre a escasos centímetros de su cuerpo.

—Si intenta algo, dispararé sin pensarlo —dijo el arquitecto—. Ahora, camine y entre en ese vehículo.

Antes de moverse, Sans dio una profunda respiración y sopesó lo que estaba ocurriendo. Aquel tipo iba en serio.

Lentamente, caminó hacia la salida y se introdujo en el Peugeot. Don entró tras él, las puertas del coche se cerraron.

El plan se ejecutó en cuestión de segundos.

Bajo la mirada inocente y distraída de los transeúntes, Mariano arrancó y salieron disparados hacia la calle de la Princesa.

8

Paseo del Rey (Madrid)
  2 de septiembre de 2017

Diez minutos fue lo que tardó Mariano en llegar al segundo lugar que había planeado. Joaquín Sans llevaba una venda de color negro que le impedía ver.

A su lado, Don le apuntaba con el arma para que supiera que seguía allí.

—No me hagan daño, por favor, se lo suplico —rogaba con una voz quebrada y nerviosa—. Les daré dinero, lo que me pidan...

—¡Cállese! —ordenó Don, pero no podía detenerlo. Estaba demasiado asustado.

—¿Es dinero? ¿A dónde me llevan? Les juro que se han equivocado de persona, se lo juro...

Mariano, concentrado en la conducción, atravesó el barrio residencial de Argüelles y bordeó el enorme Parque del Oeste para girar la primera rotonda y tomar la bajada del paseo del Rey. La zona se encontraba en pendiente y formaba parte del vacío que quedaba entre los aledaños del Parque del Oeste, el Templo de Debod y el paseo de la Florida.

A medida que se acercaba a su destino, no tardó en vislumbrar a los indigentes que salían del centro de acogida. La mayoría de ellos partían por la mañana para comprar alcohol y pasar el resto del día por los alrededores de la estación de Príncipe Pío, hasta el toque de queda, que era cuando regresaban al albergue para dormir. A esas horas de la mañana, muchos de ellos merodeaban por la calle, sin rumbo alguno, en busca de algo con lo que entretenerse. La ausencia de vehículos era obvia, así como la de transeúntes comunes. No era un área de turistas, ni de oficinistas con corbata.

El vehículo descendió por la cuesta y finalmente se acercó a una de las aceras.

Un grupo de mendigos se quedó mirándoles, pero finalmente decidió regresar con su tarea, que no era otra que la de caminar hacia la estación.

Allí, pensó el chófer, estarían seguros a esa hora de la mañana.

—¿Hemos llegado? —preguntó de nuevo Sans, que ahora parecía un poco más relajado—. ¿Me van a quitar la venda?

—No —sentenció el exagente—. Puede estar tranquilo, señor Sans. No le haremos nada. Tan sólo queremos hacerle unas preguntas.

La respiración recuperó la normalidad, a pesar de que Don seguía apoyando el cañón del arma sobre su muslo.

—¿No es un secuestro?

—No es un secuestro —dijo Don—. Limítese a contarnos la verdad y podrá regresar a su oficina antes de que empiecen a echarle de menos.

Sans resopló acalorado bajo la camisa y el traje azul marino que llevaba puesto.

—Está bien, ¿qué quieren saber?

—¿Dónde está Vélez? —preguntó Mariano sin preámbulos—. Queremos saber dónde vive, dónde podemos encontrarlo.

El cuerpo del oficinista se tensó. No quería hablar de ello.

Don observó pequeñas gotas de sudor que le empapaban el labio superior.

—¿Tiene calor?

—No, no... —dijo titubeante. De nuevo, volvía a hiperventilar—. Estoy... bien.

—Se lo repito. No nos haga perder el tiempo —insistió Mariano.

—No sé dónde está, se lo juro. No sé de quién me habla.

Don levantó el cañón y se lo puso en el pómulo. Mariano miró por el espejo retrovisor para asegurarse de que no había testigos.

—¡No! Por favor... —dijo con voz de súplica—. No me haga daño, por favor...

La respiración le entrecortaba el habla.

—Sabemos que lo conoce, que está en contacto con usted —prosiguió el chófer—. También estamos al tanto de que colabora con el CNI en ocasiones para informales de lo que se cuece en la banca. Sabemos que su esposa se llama Irene Montalvo.

—Así que no nos toque los cojones, señor Sans, si no quiere que su casa parezca una escena de El Resplandor.

La temperatura de aquel tipo aumentó.

En efecto, sentía pavor. Tanto si confesaba como si no lo hacía, su vida corría peligro.

—Me matarán.

—¿Ellos o nosotros? ¿O ambos? —preguntó Mariano con

sorna—. Déjese de tonterías. No le pasará nada, ni siquiera sabrán que ha estado con nosotros. Díganos dónde reside Vélez, dónde le podemos encontrar y nos encargaremos del resto. Muerto el perro, muerta la rabia.

De pronto, a Sans se le apelmazó la saliva en la garganta y le costaba respirar.

—No toque a mi familia, se lo suplico, por el amor de Dios... Sólo soy un simple oficinista. Me ofrecieron colaborar con ellos a cambio de un sobresueldo, de una vida mejor...

—¡Corta el rollo, imbécil! —exclamó y dio un golpe contra el volante. Mariano giró la cabeza dirigiéndose a él, aunque éste no podía verlo—. Sé de sobra quién diablos eres. Ahora dime dónde diablos está Vélez o terminarás igual que Montoya.

El habla se le paró por completo. Después respiró de nuevo.

—Está bien... Se lo juro... No sé dónde está, ni dónde vive, ni cómo localizarlo... —explicó con la cabeza gacha, totalmente abatido—. Es él quien me contacta, quien me cita. A veces en cafeterías, normalmente donde hay mucha afluencia de personas. Otras, lo hace en mi oficina, fingiendo ser un cliente. No hablamos desde hace semanas. Vélez sólo llama para preguntar.

—¿A tu móvil?

—No... —dijo a regañadientes—. A un número prepago.

—Dámelo

—No lo tengo aquí... Está en la oficina.

Don lo registró, pero no encontró nada.

—¿Está Vélez en Madrid?

—Tal vez.

—¿Tal vez? —preguntó Mariano.

Don le asestó un puñetazo en el estómago. Se escuchó un fuerte lamento.

39

—Vuelve a plantearte la respuesta.

—Sí, tiene que vivir aquí. Se niega a abandonar la ciudad.

—¿En qué anda metido?

—¿Yo qué demonios sé? ¡Soy un maldito informador!

Don le propinó otro golpe en la boca del esófago. Toda la rabia se le escapó en el aliento. Mariano empezaba a ver el comportamiento frío del arquitecto. Hasta la fecha, sólo lo había hecho en la distancia, pero nunca había estado presente. Tenía el rostro de alguien que demostraba cero afección por el dolor o las emociones de su víctima.

Si por el hubiese sido, habría destripado a ese hombre en el interior del coche pero, a la vez, sabía cómo comportarse sin perder el control.

Era inteligente, astuto, delicado.

—Quiero que te pongas en contacto con él —ordenó Mariano.

—No puedo... hacer eso...

—Estoy convencido de que existe algún código de emergencia —dijo. Lo estaba porque así era cómo se trataba con los informadores—. Úsalo, cítate con él. Dile que es urgente.

—No será necesario...

—Te juro que si te golpeo de nuevo, lo lamentarás —agregó el arquitecto.

—Espera, espera... —contestó recuperando el habla—. No lo será porque vendrá a verme el lunes. Dos días.

—¿Dónde, cuándo, cómo? —cuestionó el exagente.

—Restaurante El Pelotari. A las quince horas.

—¿Cuándo te citó?

—Hace unos días. Eso es todo lo que sé.

—¿El motivo?

—Ya se lo he dicho...

Don le levantó el mentón.

—Te doy una última oportunidad —dijo el arquitecto.

—No, no, por favor... —rogó—. Están buscando a dos hombres altamente peligrosos. Quiere darme más información sobre ellos.

—¿Qué hombres?

—Se lo juro, no lo sé, las líneas no son fiables.

—Pero, ¿qué cojones? ¡Si es el maldito CNI!

—Él lo quiere así... Todo lo hacemos en persona, él decide, yo sólo asiento.

—¿Te dio un nombre? —preguntó Don.

—Sí... —dijo meneando la cabeza, hastiado de la situación—. El alacrán... No, no... El Escorpión. Eso fue lo que dijo. El Escorpión.

—¿El Escorpión?

—¿Y el otro? —preguntó Don.

—¡Basta! —exclamó Mariano—. Está mintiendo. Es obvio que nos está intentando tender una trampa.

—¡No! ¡No me lastimen, por favor! ¡Digo la verdad!

Mariano volvió a mirar por el espejo retrovisor. Un grupo de asiduos al albergue se dirigían hacia el coche lentamente.

—Mierda, es hora de irnos.

—¿Qué van a hacer conmigo? —preguntó Sans—. ¿A dónde vamos ahora? ¡Déjenme, por favor! ¡Déjenme marchar!

Don hizo contacto visual con Mariano y acató el mensaje.

—Como quiera —contestó el arquitecto, abrió la puerta y le dio una patada al cuerpo del informador.

Mariano puso el motor en marcha.

Confundido y desorientado por la falta de visión, cayó al exterior y rodó medio metro por el asfalto. El coche se movió, los indigentes se acercaron al oficinista y el chófer se aseguró de que no pudiera verlos en la distancia.

—Esto ha sido una pérdida de tiempo —dijo Don mirando por la ventanilla al salir de la calle—. No tardará en contarlo todo. Nos acorralarán.

Las preguntas se mezclaron en la cabeza del arquitecto. No entendía nada y temía que, una vez más, Mariano le ocultara parte del plan. Lo había hecho otras veces, aunque sólo le quedaba confiar en él. Se lo debía.

Mariano había estado a su lado sin cuestionar sus intenciones, una y otra vez, hasta que no le quedó salida.

En Portugal, el exagente se sinceró con él.

Le dijo por qué lo hacía y entendió sus motivos. Don conocía esa sensación.

Toda su vida había sido adoctrinado con la premisa de que el perdón era la única vía que solucionaba todos los males que llevábamos dentro. Pero no era cierto. En ocasiones, no resultaba suficiente. Y es que, aunque el desquite tampoco era la mejor alternativa, sí que era la única forma de equilibrar la balanza. A Mariano lo habían desterrado sin éxito para después quitarle lo único que lo mantenía vivo en el mundo ordinario. En parte, Don podía empatizar con sus sentimientos. A él le había sucedido lo mismo.

Llenó los pulmones y calmó la oleada de pensamientos negativos que se acercaban a él.

Que el modo de operar no fuera el suyo, no significaba que no fuera igual de eficaz, aunque detestaba sentirse como un pájaro dentro de una jaula. Estaba acostumbrado a operar por su cuenta, a moverse libre como una sombra.

La sensación de ser una presa cautiva, simplemente, le irritaba.

—Acabamos de llegar, no se desespere —dijo el chófer incorporándose al cinturón subterráneo de la M-30, un túnel circular de varios carriles con numerosas salidas que apuntaban hacia las cuatro direcciones del mapa.

El tránsito del mediodía formado por taxistas, turistas y locales, congestionaba la carretera. Las luces verdes se reflejaban en el cristal.

Don había olvidado lo que era sentirse en casa de nuevo, aunque le parecía muy distinto. Se sentía como un foráneo, como alguien de paso. Quizá Marlena fuera su obsesión, la fuerza motora que le había empujado a emprender ese viaje, la mujer que daba sentido a sus días, pero Madrid era su vida, el único lugar en el que se sentía cómodo y bajo control, y el sentimiento ahora flotaba sin esperanza en su corazón.

—No lo hago.

—Descuide, señor. Teníamos que intentarlo... Conozco a este gente. Ya le he dicho que mentía...

—¿Por qué no has insistido más? Ese hombre estaba al límite. Si tan sólo le hubiese apretado lo suficiente...

—¿Para qué? —preguntó molesto—. No iba a contarnos nada más. Posiblemente se lo hubiera olido en el momento en el que le dijimos que no pedíamos dinero... Siento comunicarle que este tipo de personas funciona de un modo diferente al que usted está acostumbrado, señor. No es un agente, sino un informador y, aunque colabore con los servicios secretos, no deja de ser un idiota con aires de grandeza... Un imbécil que finge ser James Bond sobre seguro, sin jugarse nada a cambio... La mayoría de estos tipos no tiene formación. Se les ofrece un curso intenso basado en la presión psicológica, en cómo reaccionar a cierto tipo de situaciones críticas, pero jamás han empuñado un arma... Y ni hablar del entrenamiento, incapaces de defenderse por sí solos... Empero, si hay algo que poseen, es el miedo a perderlo todo, como un ciudadano más...

—Como alguien normal.

—Eso es... —reafirmó el chófer para continuar con su aclaración—. Así que, ese Sans, a partir de ahora, se andará con cuidado antes de irse de la lengua. Puede que le haya visto a usted, lo cual no sirve de mucho porque dudo que haya tomado en serio su nombre... pero no a mí, ni siquiera sabe quién soy, y eso lo convierte en un objetivo frágil. Recuerde que lo sabemos todo sobre su familia. No tardará en pedir ayuda cuando se reúna con Vélez y, para entonces, ya no nos será de ayuda porque iremos detrás de Vélez. Habrá cumplido con su cometido y nosotros seguiremos a ese desgraciado antes de que tome medidas.

—Te noto demasiado seguro, Mariano. Me gustaría creerte.

—Pues hágalo. Sólo le pido eso.

—¿Cómo estás tan convencido de que no llamará por teléfono a Vélez?

—Porque pasé años con ese cretino. Ya le has oído —explicó—. Nada de llamadas, nada de encuentros sociales. Posiblemente, Joaquín Sans tenga el teléfono pinchado desde hace un tiempo para evitar que hable más de la cuenta... Le recuerdo que Vélez forma parte del lado tenebroso del CNI.

—Entiendo... No existe.

—Me alegra ver que comienza a comprender cómo se presenta el panorama.

Don aguardó unos segundos. Se sentía como un principiante.

—Cuando ha dicho que había dos hombres en el punto de mira, por un momento pensé que se refería a nosotros —comentó—, no me cabía otra explicación... Pero reconozco que la mención de ese nombre me ha desconcertado.

—¿Cuál?

—El Escorpión. ¿Te resulta familiar?

—En absoluto.

Don observó su reacción. Como siempre, Mariano mantenía la expresión relajada y atenta que le caracterizaba.

—No sé, Mariano. Hay algo en ese apodo que me inquieta. Tengo la sensación de que está relacionado con nuestro episodio de Copenhague. Todavía me cuesta olvidarlo...

Mariano dibujó una sonrisa y tomó la salida que los sacaba de aquel cinturón interminable.

El sol volvió a brillar sobre la tapicería del coche. Los edificios de viviendas se alzaban hacia arriba tapando las nubes. La tranquilidad de la calle era perturbadora.

—No tiene por qué preocuparse, señor. Ya hemos pasado por esto anteriormente. Usted lleva un par de años demasiado intensos, no lo olvide. Pronto todo habrá acabado, sólo es cuestión de tiempo, así que no le dé importancia a lo que un desconocido le haya dicho... Intentaba improvisar...y me temo que no es más que un sobrenombre sin sentido alguno... Sinceramente, es la primera vez que lo escucho. De todos modos... alégrese, de ser así, significa que no estaremos solos.

—¿Y eso cambia algo, Mariano?

—Por supuesto que sí... Sea paciente, todo llega. Volveremos a intentarlo.

9

Calle de Alberto Aguilera (Madrid)
  2 de septiembre de 2017

Hacía tiempo que los sábados tenían otro cariz para ella.

Puede que fuera a causa de su regreso, de empezar de nuevo, de no quedarse en la cama aplastada por el silencio de las paredes del apartamento.

Desde unos meses atrás, había comenzado a practicar deporte por las mañanas. Los sábados corría durante una hora por el barrio, atravesando las avenidas principales hasta llegar al Manzanares. Después daba la vuelta y volvía a casa. Correr le ayudaba a despejar la mente, a limpiar los pulmones y a oxigenar la memoria eliminando los viejos recuerdos.

La ansiedad del trabajo desaparecía en cuanto ponía el cuerpo en movimiento.

Marlena era rápida y eso le ayudaba a ganar seguridad. Pronto, notó que su abdomen estaba más plano y sus piernas lucían mejor. Correr tenía sus beneficios. Pero, sobre todo, gracias al ejercicio matutino había vuelto a dormir del tirón, sin despertar a media noche asfixiada por un mal sueño.

Esa mañana había decidido tomársela para su deleite más personal.

Su relación con Ricardo había marcado un antes y un después en su vida, en su persona y en su forma de ser. Todas las relaciones lo hacían. Algunas ayudaban a mejorar y otras, simplemente, transformaban a las personas en seres traumatizados e insoportables.

Su caso era una mezcolanza de ambas cosas.

Se había olvidado del arquitecto casi por completo, pero aún albergaba el miedo y el dolor por encontrarse con él de nuevo.

Con el tiempo, la ingeniera se había vuelto más independiente con su vida, cercando el espacio personal que existía entre ella y el resto de amistades. También había cambiado su posición respecto a los hombres. No creía en los príncipes azules, ni en el varón perfecto que encajara con ella. Si en el pasado había desconfiado de esa imagen, ahora tenía bien claro que un hombre a su lado, no le iba a proporcionar la estabilidad que buscaba. Era una cuestión de prioridades y se prometió que sólo compartiría su tiempo con quien supiera apreciar su compañía.

Tras almorzar la sesión de cardio, una ducha en casa y un modesto almuerzo en el Café Comercial, el viejo café de escritores que ahora era un restaurante de lujo para esnobs y artistas, decidió dar un paseo por Alberto Aguilera para echar un vistazo en la sección de ropa de El Corte Inglés. Marlena nunca había sido una fanática de las compras, aunque era una mujer presumida a la que le gustaba lucir bien.

Entre el barullo de la gente, de los viandantes, de las cafeterías atestadas al mediodía y el ruido de tubos de escape de las motocicletas, echó un vistazo al vacío, como muchas veces hacen las personas, en busca de nada y a la vez de todo. Sus ojos se fijaron en un semáforo y las luces le llevaron a la luna de un vehículo que se aproximaba a la glorieta de Ruiz Jiménez. Se concentró en la parte delantera del coche, en los faros, en el parachoques y en la simetría del modelo.

Era su naturaleza, su instinto.

Pensó en lo mucho que las máquinas se parecían a las personas ya que, después de todo, estaban hechas por ellas.

Vio un rostro felino en la parte delantera del coche alargado y sonrió pensando que era una estupidez. De pronto, se vio sumergida en su propia nebulosa de ideas banales y pasajeras, hasta que un reflejo paralizó su cuerpo en un solo segundo.

Sintió una horrible presión en el coxis que le debilitó las piernas. Era como si un agujero se abriera entre sus pies. Una fuerte taquicardia la golpeó con dureza.

Dio varios pasos al frente y se apoyó en una farola.

No podía ser, pensó.

Volvió a mirar a ese vehículo y encontró su rostro, cambiado, pero reconocible.

De nuevo, creyó que las alucinaciones habían regresado, que el subconsciente le estaba jugando una mala pasada. Atemorizada por cerciorarse de que era real lo que sus ojos captaban, sacó fuerzas de la nada y volvió a mirar hacia la parte trasera del vehículo, que cada vez se alejaba más de ella. La presión aumentó en su pecho y, aunque sabía que no iba a morir, se sentía sin vida por dentro.

—No, no estás aquí... —murmuró todavía apoyada en la farola.

Un señor mayor se acercó a preguntarle si necesitaba ayuda. Marlena le agradeció la asistencia, se repuso y continuó caminando en línea recta. Su actitud había cambiado. Ahora estaba nerviosa y no se podía desprender de la imagen.

Una vez se hubo asegurado de que el vehículo había desaparecido, sacó el teléfono del bolso y buscó un número de teléfono.

—Hola, Marlena, ¿qué hay?

—Necesito verte... —dijo agitada—. Ahora mismo.

La voz del hombre se entrecortó.

—¿Estás bien? ¿Qué te ocurre? ¿Te ha pasado algo? —disparó con un subfusil dialéctico—. ¿Dónde estás?

La retahíla de preguntas pasaron como proyectiles por su lado sin llegar a rozarla.

Llenó los pulmones y volvió a mirar hacia atrás.

No había rastro del vehículo.

—Estoy bien...

—¿Entonces? Mándame tu ubicación e iré a buscarte. Salgo ya de la oficina.

—Es él, Miguel. Ha vuelto, lo he visto...

Se escuchó un ligero murmullo de desaprobación.

—Marlena, cálmate... —dijo misericordioso—. Quizá hayas visto algo que te haya hecho recordar...

—¡No! ¡Joder! ¡Era él! ¡No estoy loca!—exclamó en medio de la calle y llamó la atención de quienes pasaban a su lado. Entonces se dio cuenta del drama que estaba armando—. Te lo juro, era él... Ricardo está aquí. Sé lo que he visto.

—Está bien... Está bien. Envíame tu ubicación e iré a buscarte. No te muevas de ahí, ¿vale?

La llamada se cortó.

La impotencia hacía estragos por salir de sus ojos.

Tras lo sucedido en Montenegro, la ingeniera se había jurado no derramar ni una lágrima más por Ricardo Donoso.

* * *

49

Calle de Santa Engracia (Chamberí, Madrid)
   2 de septiembre de 2017

La copa de Albariño que había pedido estaba intacta.

Minutos después de la llamada, Miguel la había recogido en su Vespa para salvarla y sacarla de allí. Él siempre estaba dispuesto a hacerlo. Se había enamorado de ella desde el momento en el que la vio y nunca había desistido.

Sentados en la terraza del Bienmesabe, uno de los restaurantes que se habían puesto de moda en el barrio de Chamberí, Miguel se mecía el pelo ondulado.

Llevaba una camisa azul celeste y jersey Ralph Lauren de color azul marino sobre los hombros. Apoyaba las manos en las rodillas de sus vaqueros Levi´s y miraba fijamente a la ingeniera mientras daba un sorbo al Ribera del Duero que tenía delante.

Marlena seguía compungida por lo sucedido y era incapaz de apreciar el apoyo que el abogado le había brindado todo ese tiempo.

Desde su regreso, el incesante interés de él por estar junto a la ingeniera, terminó surtiendo efecto, aunque no como él deseaba. Marlena no era estúpida, sabía lo que hacía, aunque no estuviera del todo bien, pero en esos momentos, lo que primaba era ella, su salud, y requería de alguien que estuviera a su lado.

Para la ingeniera, el abogado tenía buen ver, un buen trabajo y era divertido, aunque no era su tipo y ni la clase de hombre que buscaba para formar una familia. Ella sólo buscaba amistad, sentirse protegida, aliviada. Miguel, algo más que eso.

El fallo más grave que pudo cometer fue dormir con él una noche de borrachera.

Las copas se le habían subido a la cabeza, no calculó bien los márgenes y se dejó llevar por las emociones. Cuando despertó, supo que había errado, ya no por ella, sino por cómo eso modificaría la relación. No existía nada peor que dar falsas esperanzas a un hombre perdidamente enamorado.

A pesar de los distanciamientos, del desinterés y la frialdad con la que Marlena actuaba a conciencia en ocasiones, Miguel no tiraba la toalla y seguía a su lado, aunque comenzaba a hartarse de las idas y venidas emocionales que la ingeniera sufría a causa del innombrable arquitecto. Donoso, el mismo que se la había arrebatado la Nochevieja del año anterior. El mismo desgraciado que apareció en los sueños de ella tras hacer el amor y que Marlena repetía en voz alta mientras dormía.

Pese a todo, Miguel tenía la esperanza de que, gracias a él, la ingeniera supiera ver con otros ojos la situación y entendiera que ese cretino no la merecía. Tenía la fe de que, algún día, la bella mujer que tenía delante despertara, como en un cuento para niños, y supiera apreciar a la persona que la había cuidado durante todo ese tiempo.

Por desgracia, la vida no solía ser una fábula con final feliz para todos.

—¿Estás segura de que era él? —preguntó agobiado al verla tan frágil—. Podría ser alguien con un rostro parecido... La mente tiende a confundir lo que vemos en busca de familiaridades...

—Sé lo que he visto, Miguel —dijo con la mirada blanca y abierta. Estaba desquiciada—. ¿Tanto te cuesta creerme?

Él suspiró, acercó su mano a la ingeniera y le acarició los dedos.

—Por supuesto que te creo, Marlena...

Ella lo miró con desprecio y retiró los dedos. El ademán no le gustó al abogado. En ocasiones, Marlena era capaz de hacerlo sentir como un imbécil.

—Esto no puede estar sucediendo, no de nuevo... —dijo cerrando los párpados y echándose las manos a la cabeza—. Es como una pesadilla que no llega a su final...

—¿De qué estás hablando ahora, Marlena? Lo hemos hablado mil veces... Debes pasar página.

Ella lo miró.

Por desgracia, no podía contarle lo que sucedía en su interior, no podía revelarle lo que sabía porque, de ser así, acabaría muerto y se negaba a vivir con una carga así.

Finalmente, con los ojos empañados, se rindió ante el momento, dio un pequeño sorbo a la copa y dibujó una sonrisa forzada. Después se echó hacia delante y acarició la barbilla del abogado.

—De nada. Tienes razón. Quizá todo haya sido un desafortunado error de mi imaginación.

Pero engañarse, aunque fuera en voz alta, no serviría en absoluto.

Estaba convencida de lo que había visto y sabía que, tarde o temprano, por mucho que corriera, la encontraría.

10

Real Monasterio de San Lorenzo de El Escorial (San Lorenzo de El Escorial, Comunidad de Madrid)
2 de septiembre de 2017

La extensa plaza de adoquines que rodeaba el monasterio estaba vacía.

Era sábado, septiembre y mediodía.

El escaso turismo, a esas horas, ocupaba las terrazas de los bares y restaurantes del municipio.

Mejor para él, se dijo, pues adoraba la soledad.

Notó que allí arriba hacía más fresco que en la ciudad, a pesar de que el sol calentara la azotea, por lo que se levantó las solapas de la chaqueta de entretiempo con forro escocés que vestía.

En el tercer intento, batallando contra la brisa, logró encenderse el cigarrillo que sujetaba con los labios. La luz golpeaba su rostro, pero estaba protegido por las gafas de sol.

Los pasos formaban un eco que se perdía al instante en la infinidad de aquel lugar. Se respiraba paz, solemnidad, pero no había viajado hasta allí para purificar su alma, sino para encontrar una pista por la que iniciar su investigación.

No era fácil partir de cero, siempre llevaba más tiempo que el resto de la operación.

En efecto, tal y como le había dicho el contratado, El Escorpión había pasado unos meses en Portugal. Le había costado miles de euros confirmar esa información, pero con los lusos siempre se podía alcanzar un acuerdo. En ese aspecto, eran menos orgullosos y agresivos que los españoles, detalle que los hacía más astutos y razón por la que, probablemente, su ex-compañero habría elegido aquella localización para prepararse.

Mientras algunos de sus hombres desvalijaban la vieja residencia del espía en el casco antiguo del pueblo, Vélez ponía su cabeza a trabajar.

Lo más posible, pensó, era que no encontraran nada allí dentro, pero debían asegurarse. Todo detalle resultaba útil. Cualquier indicio podía ayudarles a tirar del hilo.

Dio varias caladas y caminó hacia uno de los extremos del monasterio.

Una bandera de España ondeaba en lo alto de la entrada.

Miró hacia lo alto y observó una de las cúpulas. Reconoció no tener interés ni idea alguna de arquitectura y se sintió afligido por ser incapaz de apreciar la belleza del edificio.

El pensamiento le llevó hasta Donoso, si es que se seguía llamando así, y después hasta su fervor religioso, el cual había desatendido desde la primera comunión.

—Más vale que me ayudes, si quieres que vuelva a creer en ti... —murmuró al infinito.

No podía creer en el dios del que siempre le habían hablado porque, de ser así, los tipos como él no seguirían con vida.

Algo vibró en el interior de su chaqueta. Era el teléfono.

Comprobó el número, desconocido.

Dio varios pasos, pegó otra calada y se acercó el dispositivo al oído.

—¿Sí? —preguntó con sospecha.

A Vélez no le llamaban por error. Su número sólo lo tenía un círculo reducido de personas.

Oyó un gimoteo al otro lado de la línea. Alguien estaba pasando francamente mal.

—¿Quién llama? —insistió y añadió un gruñido.

—Ve...Vélez...

—¿Sans? —respondió y comprobó la hora en el reloj—. ¿Me llamas desde la oficina, maldito desgraciado?

—El Escorpión, Vélez... Está aquí.

El pecho se le encogió al escuchar ese nombre.

No creía que estuviera teniendo esa conversación por una línea convencional. Debía pararlo antes de que siguiera hablando.

—Escucha, Sans. Mejor me lo cuentas el lunes, ¿quieres?

—Han preguntado por usted —dijo ignorando la sugerencia.

«Han preguntado... Así que son dos», dedujo.

—Está bien, está bien. Tranquilízate, tómate una copa, un Orfidal o lo que te venga en gana, pero no pierdas la cabeza —contestó—. Como he dicho... Hablamos el lunes. Sé puntual.

—Vélez.

—¿Sí?

—Tengo miedo.

—No te pasará nada. Tú sólo haces tu trabajo.

—Vélez...

Pensó en colgarle, pero atendió a su último aliento.

—¿Qué?

—Deme su palabra.

El agente se rio para sus adentros, esperó unos segundos

55

para crear más ansiedad en el cuerpo de su interlocutor, dio una calada y exhaló el humo por la boca.

—Es toda tuya —respondió y volvió a mirar a la cúpula del monasterio—. Que pases un buen fin de semana, Sans.

11

Plaza de Alonso Martínez (Madrid, España)
2 de septiembre de 2017

La jornada del sábado había sido soporífera.

Tras su agitado encuentro con el informador, decidieron regresar al apartamento en el que se hospedaban y reflexionar acerca de lo sucedido.

Mariano, por su parte, poco tenía que añadir.

Estaba tranquilo, se mostraba silencioso y relajado, así que optó por sentarse junto a la ventana que daba a la calle, ver los coches que pasaban dirigiéndose hacia la glorieta y llenar, de cuando en cuando, el vaso de cristal con una botella de Cutty Sark que había comprado en el ultramarinos.

Por su parte, Don aprovechó para analizar cada imagen de su recuerdo.

Estar allí encerrado le provocaba ansiedad. Pensó que era mejor así, que cometer un grave despiste. En el fondo, deseaba con todas sus fuerzas regresar al viejo barrio donde vivía, a los restaurantes, a los lugares de moda que solía frecuentar.

Pero el chófer le había advertido de que sería catastrófico. En cualquier lugar lo reconocerían y eso haría saltar las alarmas. De pronto, Madrid se convertía en un escenario desconocido, gris y vacío, sin todo aquello. Le costaba hacerse a la idea de que jamás regresaría a los locales donde le llamaban por su apellido, donde le reservaban su mesa favorita siempre que así lo pedía. En el fondo, se negaba a aceptar que el álbum de fotos mental que guardaba, ahora pertenecía a otra persona.

Dada la niebla mental que le atormentaba, decidió ejercitarse en su habitación durante una hora y media. Después releyó las meditaciones de Marco Aurelio en portugués, en un tomo destrozado que habían conseguido en un mercadillo luso.

La noche entró, el sábado reanimó las calles y la llamada de lo desconocido se enfrentaba al cristal de sus ventanas.

Tras una ducha fría, caminó hasta la cocina guiado por el ruido del tráfico del exterior y la corriente de aire que provocaba al tener las ventanas abiertas.

Lo encontró allí, en el mismo lugar que había permanecido toda la tarde, junto a ese vaso casi vacío de *whiskey* y un cenicero lleno de colillas aplastadas sobre el alféizar interior.

Mariano mantenía la mirada entrecerrada, pensativo, con el filtro entre los dedos y esa postura relajada que lo caracterizaba. Por un momento, deseó estar dentro de su cabeza, conocer sus pensamientos, averiguar cuál era el siguiente paso.

Cada hora que pasaba a su lado, descubría a un hombre que estaba lejos de ser el conductor que había contratado tiempo atrás. La transformación de Mariano se producía de fuera hacia dentro y eso lo volvía más hermético e impredecible. Ya no era un chófer, ni un hombre afligido. Su mirada había tomado el color de alguien taciturno, dispuesto a sacrificarlo todo por un simple cometido. Eso los hacía iguales, aunque el veterano contaba con un pasado que el arquitecto desconocía.

Y odiaba desconocer los detalles de la situación.

Con el cabello todavía húmedo, carraspeó para llamar la atención del exagente, aunque éste hubiera advertido su presencia desde que había cruzado el umbral de la puerta.

—Mariano.

—¿Señor? —preguntó con voz templada. No parecía trabarse, ni tampoco flaquear ante la media botella de destilado que había absorbido—. ¿Quiere cenar?

—No.

—Tampoco deberíamos acostarnos muy tarde.

—Quiero ver qué ha sucedido, Mariano.

Sus palabras provocaron una pausa incómoda.

El chófer giró la cabeza y después el cuerpo entero. Apagó lo que quedaba del cigarrillo y se humedeció los labios.

—Le escucho.

—Quiero visitar mi antiguo barrio, el estudio. Quiero entender qué han hecho con todo. Lo necesito.

—Pero, señor, ya sabe que...

—Sí, maldita sea, lo sé. Pero, ¿qué más da? —preguntó irritado—. Tengo que enfrentarme a la verdad. Me marché de aquí sin despedirme. Es una cuestión espiritual... De lo contrario, terminaré perdiendo la cordura en este sinvivir. Entiéndelo, es una urgencia.

Mariano tensó la mandíbula y puso el vaso de cristal sobre el alféizar.

—Supongo que también quiere saber dónde está la señorita Lafuente. ¿Me equivoco?

—No, no te equivocas —confirmó—. Quiero asegurarme de que está bien, de que no le ha sucedido nada... Eso es todo. Era mi vida, mi antigua vida... ¿Lo entiendes? Debo encajar las piezas para pensar con claridad, antes de que éstas me aplasten. Me siento como un extraño en este lugar.

Mariano respiró profundamente.

—Como quiera.

Don levantó las cejas. Estaba sorprendido. Esperaba una reacción diferente, un reproche, una advertencia.

—Estupendo —dijo descolocado y miró al suelo—. En ese caso, mañana, como es domingo, haremos un recorrido por mi anterior vida... Suena gracioso, ¿no crees? Después, no volveremos a hablar de ello. Será lo mejor para todos.

—Sí, señor.

—Buenas noches, Mariano —dijo y el chófer miró el reloj.

Todavía era pronto, apenas eran las nueve de la noche, pero prefirió no rebatirle y dejar que se marchara. Así tendría tiempo para seguir reflexionado sobre cómo encontrar a Vélez.

—Buenas noches, señor.

Don abandonó la cocina.

Segundos después se escuchó un estrépito.

* * *

RD Estudios (Barrio de Palomas, Madrid)
  3 de septiembre de 2017

El vehículo se detuvo en la explanada de asfalto que formaba el aparcamiento privado del edificio. Lo que en el pasado había sido un cementerio de coches, ahora era una llanura vacía de grava oscura y lineas pintadas.

Frente al coche, Don contempló lo que había sido su fortaleza durante años, la obra arquitectónica que había construido para él. El único lugar en el que se sentía a salvo.

El edificio de oficinas que formaba el estudio, se había transformado en un bloque fantasma y abandonado. Los cristales de la fachada estaban manchados de polvo y tierra. Las puertas cerradas eran la expresión propia de una muerte anunciada que, finalmente, se fraguó.

Las piernas le temblaban, no por miedo, sino por impotencia. No resultaba fácil de digerir un momento así. Lo había imaginado, había intentado convencerse de que aquel lugar no era más que un sitio de trabajo. Se había forjado una mentalidad minimalista respecto a sus sentimientos hacia lo material. Así y todo, los recuerdos le pasaron factura. Las imágenes del primer día, del primer ladrillo y de todos aquellos operarios construyendo lo que, finalmente, había logrado gracias a su fortuna, absorbían su pensamiento. No podía dar crédito. El edificio, triste y desolado, representaba el abismo en el que se había convertido su existencia.

—¿Quiere que nos marchemos? —preguntó Mariano aún con el motor encendido.

Observó por el espejo retrovisor al arquitecto. Su rostro bullía como el agua de una olla a presión. En cierto modo, supo que estaba en el camino correcto, aunque debía ser precavido. No quería que enloqueciera antes de tiempo. Provocar emociones extremas, del tipo que fueran, aceleraría la convulsión interior de su acompañante.

—No —dijo y puso la mano sobre la manivela de la puerta. Abrió y bajó.

Sintió la grava dura del asfalto bajo los zapatos. Dio un paso al frente y metió las manos en los bolsillos de los vaqueros. Todavía intentaba acostumbrarse a ellos. Toda su vida adulta había vestido traje.

Cada paso era una prueba psicológica contra su templanza.

Demasiados sentimientos arraigados a ese lugar. Como todo imperio, pensó, el suyo también había caído.

Avanzó lentamente bajo la mirada del chófer, que seguía en el vehículo. Se dirigió hacia la entrada principal, una puerta acorazada de cristal que se había cubierto de tierra marrón. Hizo un círculo con el puño para despejar el polvo y poder contemplar el interior. La recepción seguía como la había dejado, aunque sin la mitad del mobiliario ni las plantas que decoraban el pasillo central. Una cinta protegía la puerta del ascensor. Poco a poco, comenzó a sentir el momento presente, a aceptar la verdad, tal y como la percibían sus ojos. Fin. Había terminado. Habían acabado con él y eso sólo le hacía sentirse más furioso.

Plantado frente al cristal, recordó la figura de Montoya recorriendo el vestíbulo como si aquello fuera suyo. Esbozó una mueca y reconoció que le había ganado la partida. Pero la sonrisa se le borró tan pronto como el episodio de Marlena volvió a su memoria.

Se movió en círculos alrededor de la entrada, a sabiendas de que allí no quedaba nada más que hacer. No le interesaba recuperarlo, ni tampoco volver a ese lugar, aunque su futuro, por el momento, estuviera en una pausa indefinida.

Finalmente, encaró el coche y se dirigió de vuelta.

Mariano seguía quieto, escuchando la música clásica de Radio Nacional y con el codo asomando por encima de la puerta.

Don entró en el asiento trasero y cerró con firmeza.

—¿Y bien?

—Sigamos.

* * *

Regresaron al cinturón de la M-30, atravesaron la calle de Alcalá y vislumbraron los límites del Parque de El Retiro a lo lejos.

De pronto, Don volvió a sentir el cosquilleo en sus piernas, el nudo del estómago y las fuertes palpitaciones. Estaba en casa, en un hogar al que no podía volver a entrar.

Desde allí, desde esa burbuja, observaba los rostros dominicales de alegría; las parejas que paseaban por el adinerado barrio de Salamanca disfrutando de la jornada sin trabajo.

A medida que se acercaban a la calle Jorge Juan, reconoció tiendas, restaurantes, los rostros de los metres con los que solía hablar previamente, para que sus reuniones de negocios salieran lo mejor posible.

Nunca más podría volver a ellos, ni a escuchar su apellido en voz alta cuando se dirigieran a él. Había sido despojado del lujo, a pesar de tener dinero, y del reconocimiento que se había ganado con esfuerzo, años de trabajo y sudor. De nada servía lamentarse a esas alturas, pero la naturaleza humana lo hacía inevitable.

Mariano se movía como el conductor de un autobús turístico, llevando al arquitecto por sus zonas preferidas. Había trabajado para él tantos años, que no necesitaba indicaciones.

Finalmente, se adentraron en la calle donde estaba la antigua residencia del arquitecto. A diferencia de otros barrios, allí nada cambiaba a peor. En todo caso, las fachadas se restauraban, las aceras mejoraban y las esquinas estaban más limpias.

El edificio de cara decimonónica y color crema seguía tal y como lo había dejado. El portón de madera entreabierto para que el sol matutino no calentara el vestíbulo donde aguardaba el portero. Tomó una larga respiración y sintió la tentación de apearse y adentrarse en la vivienda.

Mariano leyó sus intenciones por el espejo retrovisor.

—Le reconocerá —dijo.

—Puede que no sea el mismo portero. Recuerda las veces que cambió desde que me instalaron las cámaras.

—Por eso mismo —advirtió—. Me juego un dedo de la mano a que ese vigilante levantará el teléfono en cuanto lo vea... A estas alturas... No sea inocente, señor.

—Tienes razón, Mariano —contestó con la mirada fija en la entrada—. Me gustaba vivir ahí, ¿sabes? A pesar de todo...

El chófer suspiró.

—Pronto encontrará un lugar mejor que ese. Créame... Esto no es para siempre.

Don tocó el cristal con los dedos. Eso quería pensar él.

Nunca se había sentido tan miserable y se cuestionó si aquel era un castigo o una prueba más que Dios había puesto en su camino.

En ocasiones, sus emociones eran iguales que las del resto.

12

Calle de la Princesa (Madrid, España)
3 de septiembre de 2017

Pensaron que sería apropiado intentarlo de nuevo.

Esta vez, no cometerían errores.

Habían reflexionado sobre lo sucedido.

Mariano temía que ese hombre lo hubiera reconocido. En ese caso, se agravaría la situación. Por eso debían volver a hablar con él, sonsacarle dónde estaba Vélez y, después, borrarlo del mapa. Por supuesto, parte de la secuencia había sido omitida al arquitecto. El chófer no tenía tiempo para sus juicios éticos y era él quien mandaba ahora.

Por su parte, Don había sufrido una noche de pesadillas.

Regresar al escenario de lo que había sido su día a día, no había hecho más que atormentarlo. Estaba decaído, sin fuerzas. Sabía que debía mirar hacia delante, conocía la teoría al dedillo, pero la vida real no era tal y como la contaban en los libros de filosofía. Existía un componente humano, aséptico y emocional que resultaba imposible de transmitir con palabras.

Sentados de nuevo junto a una mesa de la cafetería que habían visitado días antes, observaban la entrada de la taberna a la que Sans acudía cada jornada de trabajo.

—Son las diez y veinticinco. Estará al caer —dijo Mariano comprobando la hora en su reloj—. ¿Ha dormido bien?

Intentaba romper el hielo, crear una conversación que aligerara la espera. No era que no le preocupara. Simplemente, tenía que lidiar con ello y su ayuda de poco servía.

—Estaré bien. Prefiero no pensarlo.

—Las heridas físicas tardan días o semanas en cerrar —contestó—. Las emocionales pueden necesitar años.

—O toda una vida, Mariano. No intentes consolarme.

—No lo estaba haciendo, señor —respondió y se frotó el mentón—. Sólo intentaba hacerle comprender que...

Don levantó la mano y le tocó el brazo.

—Déjalo estar, ¿quieres?

—Por supuesto —dijo y volvió a comprobar la hora.

—¿Y tú? ¿Cómo estás? Pareces algo nervioso —comentó el arquitecto mirando a la taza de café—. ¿Sabes? Nunca he creído en las segundas oportunidades. Siempre he pensado que vienen cargadas del infortunio que dejó la primera.

Mariano suspiró.

En realidad, ardía por contarle la verdad, por dejar de ocultarle quien realmente era, pero... ¿Acaso estaba preparado Donoso para ello?

—Debemos ser pacientes. Lo hemos sido hasta hoy.

Don lo miró y guardó silencio.

A las diez y treinta y cinco nadie apareció por la puerta del restaurante.

Mariano levantaba la rodilla con nerviosismo. Algo no estaba saliendo bien y le preocupaba. Aguardaron unos minutos más, distraídos y esperanzados con los clientes, de aspecto similar, que entraban a almorzar. El chófer, incapaz de ocultar su impaciencia, terminó transmitiéndole el sentimiento de incertidumbre a su acompañante, que finalmente se pronunció ante la ausencia de aquel hombre.

—Vayamos a su oficina.

—¿Cómo? —preguntó el exagente y volvió a mirar a la puerta—. Unos minutos más.

—No va a venir, Mariano. Te lo he dicho.

—Aguarde un poco, sólo eso...

Harto, Don clavó su mirada en el chófer.

—No va a venir.

Sus palabras fueron suficientes para transmitirle lo que pensaba.

En efecto, tenía razón.

Por un momento, se había dejado llevar por la ilusión de que existían actos sin consecuencias. Tal vez el arquitecto no tuviera la experiencia que acumulaba él, pero sabía muy bien percibir cuándo y cómo transcurrían los tiempos.

Dispuesto a evitar una discusión, asintió con la cabeza y se levantaron de la mesa. No tenían alternativa y, después de todo, la oficina era el único lugar en el que lo encontrarían. Si Don estaba en lo cierto, significaba que ese hombre había recibido órdenes para no moverse del sitio. Y eso sólo apuntaba al peor de los desenlaces.

Caminaron hasta Princesa y alcanzaron la enorme puerta de la conocida aseguradora.

Allí, una joven y apuesta recepcionista conversaba con un hombre trajeado que acababa de entrar. En la puerta, un guardia de seguridad observaba con recelo a la pareja.

Don tomó la iniciativa y se dirigió al vestíbulo bajo la atenta mirada del desconocido. Después entabló contacto visual con la mujer, que mantenía una conversación banal con el hombre, y se abrió camino.

—Buenos días, ¿en qué puedo ayudarle? —preguntó ella con voz dulce y aterciopelada.

Entonces sintió la presencia de Mariano abordándole por detrás.

—Estamos buscando a don Joaquín Sans —dijo el exagente adelantándose un paso al arquitecto—. Teníamos una cita con él y no ha aparecido.

El rostro de la empleada se congeló. Parecía haber visto a un fantasma.

—¿Están seguros?

—De lo contrario —agregó Don—, no estaríamos aquí. Es importante.

Ella suspiró, miró a la mesa y puso la mano sobre el teléfono que tenía en el escritorio. Antes de descolgar, Don se adelantó y la detuvo con un gesto.

—¿Ocurre algo? —preguntó Mariano.

Ella miró al arquitecto y se dejó vencer por su silenciosa persuasión. Echó un vistazo a su alrededor para evitar llamar la atención.

—¿Eran cercanos a él?

Ambos se temieron lo peor.

—Sí, claro —dijo Don.

—El señor Sans no está... Ni estará —contestó compungida—. Siento ser yo quien se lo comunique, pero falleció este fin de semana.

Los rostros de los hombres se quedaron mudos. Una mirada de complicidad entre los dos fue suficiente para augurar lo sucedido.

—Vaya... Eso sí que no lo esperábamos —dijo Don—. ¿Sabe qué ha sido?

Ella parecía incómoda. No quería entrar en detalles.

—No se preocupe, lo entendemos perfectamente... —dijo Mariano—. Supongo que, a estas alturas, ya han celebrado el funeral.

—Así es. Siento que no pueda decirles más. Entiéndanme.

De repente, el teléfono de la casa sonó. La mujer desvió su atención, pero la llamada se cortó al segundo tono.

—Por supuesto —contestó Don con voz empática y cercana—. Una última cosa, ¿sería tan amable de facilitarnos su dirección?

Ella lo observó con desconcierto. Puede que se hubiera excedido.

—Nos gustaría enviarle un ramo de flores... —intervino Mariano suavizando la tensión—. Nada más.

La mirada entre la joven y el arquitecto se congeló por un instante. El magnetismo que él desprendía al mirar resultaba irresistible.

Después, ella agarró una nota de papel adhesivo de color amarillo y buscó en su ordenador chasqueando la lengua.

—Si alguien pregunta, yo no se la he dado.

—Guardaremos el secreto —dijo Mariano con una sonrisa levantando los talones del suelo.

* * *

Sin vida.

La única fuente que podía revelarles el paradero de Vélez,

había desaparecido.

—No creo en las casualidades —dijo Donoso mientras atravesaban el paseo de la Castellana.

—Ni yo —contestó el chófer—, pero será mejor que escuchemos lo que su esposa tiene que decir. Me temo que se nos han adelantado.

—Te lo dije, Mariano. Si hubiésemos insistido un poco más...

El chófer guardó silencio y se mordió la lengua hasta sentir el dolor en el interior de su boca.

—De nada sirve mirar a los errores que hemos cometido, si no es para aprender de ellos, señor —dijo conteniendo la impotencia que la situación le había generado—. Debemos ser más inteligentes y rápidos que ellos... y que la pérdida de Sans, no suponga un obstáculo.

Llegaron a la plaza del Marqués de Salamanca cuando el navegador indicó que la residencia de Sans no se encontraba muy lejos de allí.

Aparcaron y miraron hacia la fachada que llevaba el número que la recepcionista les había entregado. Para sorpresa, la familia de Sans no vivía en un lujoso edificio, como había sido de esperar, sino en uno normal, que mantenía la estética típica madrileña de fachadas con balcones largos y altos ventanales.

Al entrar, un portero les saludó con normalidad. Optaron por las escaleras, ya que era una tercera planta y deseaban pasar desapercibidos.

Frente a la puerta, Mariano se echó a un lado y Don encaró la entrada. Tocó el timbre y escuchó unos pies que se arrastraban hasta el umbral. El arquitecto sacó el pecho hacia delante y respiró con profundidad para relajarse.

Cuando la puerta se abrió, una mujer rubia y delgada, con la piel arrugada y entrada en años, asomó la cabeza y, al ver que parecían haberse confundido, dejó entrever parte de la vivienda. En el mueble de la entrada había una maceta con flores. De un vistazo, el arquitecto comprobó que la fachada del edificio poco tenía que ver con el lujo que se respiraba allí dentro.

En efecto, las apariencias siempre engañaban.

—Buenos días —dijo ella.

Tenía el rostro hundido, quizá por no haber dormido lo suficiente en los últimos días. Parecía agotada y su voz estaba ronca.

La mujer aguardó unos segundos sin decir nada más, a la espera de que la pareja de hombres se presentara.

—Lamentamos lo sucedido y le acompañamos en el sentimiento —dijo Mariano abriéndose paso en la conversación. Después le ofreció la mano y la mujer la estrechó algo confundida—. Nos acabamos de enterar. Soy el señor Robles y él es mi agente, el señor Vázquez.

Mariano ya había dado un paso al frente, cuando la mujer comprendió la situación.

—Agradezco sus condolencias —respondió sin moverse de la puerta. El chófer había intentado una entrada sin mucho éxito, lo cual hizo sospechar al arquitecto de que esa mujer, probablemente, conocía los entresijos de su marido—. ¿Les conozco de algo? No me suenan sus nombres.

—Somos compañeros de su marido —dijo Don suavizando el encuentro—. Perdón, éramos...

Ella frunció el ceño y se mostró escéptica.

Algo no encajaba en la situación. Tal vez fuera ella, o puede que los dos desconocidos que se habían plantado en su vivienda.

—Gracias —dijo e hizo un ademán de cerrar—. Siento que hayan venido hasta aquí, pero no es un buen momento...

—Espere —contestó Mariano tocando la puerta para evitar

que los despachara—. ¿Podríamos hacerle unas preguntas? Si no es mucha molestia.

Las intenciones de Mariano despertaron la desconfianza. Don se preguntó qué diablos estaba haciendo su compañero.

—¿Qué clase de preguntas? —cuestionó cruzándose de brazos. La bata de seda de color gris dejaba entrever sus pechos ya caídos por la edad—. ¿Quiénes son ustedes?

—No nos han querido decir qué le ocurrió a su marido —dijo Don.

Ella se mordió el labio con escepticismo.

—A mi marido lo mataron, si es lo que quieren saber. ¿Quién? No lo sé. Pero eso es lo que ocurrió.

—¿En qué se basa?

Ella miró a Mariano.

—¿Qué diablos son, detectives? —preguntó. Estaba irritada, quizá a causa del sueño o de la presencia intrusiva de ellos dos. Afligida, se tocó el rostro y decidió hablar—. Me dijo que había recibido un correo importante, que tenía que regresar a la oficina. El resto, ya lo saben... Lo encontraron sin vida en la calle.

El chófer dio un respingo y Don lo miró en busca del siguiente paso.

La viuda, pronto entendió que esos dos hombres no habían ido hasta allí para entregarle el pésame por su pérdida, sino para averiguar los detalles de la muerte de Sans.

—Será mejor que se vayan antes de que llame a la Policía —dijo con una mano en la puerta.

Por la mirada que transmitió, comprendieron que poco más tenían que hacer allí.

—Lamentamos su pérdida —dijo el chófer asintiendo con la cabeza.

Ella los observó con recelo hasta asegurarse de que habían desaparecido del rellano.

Abandonaron el edificio y regresaron al vehículo en silencio. El sol había recalentado la tapicería y sentarse sobre ella era sofocante.

—¿Crees que miente? —preguntó Don—. Lo que nos ha dicho, no nos lleva a ninguna parte. Si Vélez está detrás de esto, probablemente, ya esté siguiéndonos el rastro. Tengo la sensación de que hemos mordido su cebo.

El chófer, con la mirada abstraída en el horizonte, introdujo la llave y pulsó el botón de encendido.

—Sólo hay una forma de saber si esa mujer nos dice la verdad y es comprobando el correo de su marido. Conozco a alguien que puede encargarse de ello —contestó con gesto serio. El arquitecto lo miró desde su lado. El perfil del chófer era, cuanto menos, aterrador—. Como le dije, señor, ha llegado la hora de que Vélez pague por lo que nos ha hecho... y no me detendré hasta el último aliento.

13

Calle de Génova (Madrid, España)
  3 de septiembre de 2017

Había regresado a ella el temor a sentirse perseguida.

Era consciente de que todo formaba parte de una ilusión, de un engaño de su imaginación pero creía en lo que había visto, pese a que hubiese deseado lo contrario. A partir de entonces, volver a la normalidad era una tarea imposible.

Habiendo tomado distancia de lo ocurrido, regresó el lunes a la oficina con la intención de centrarse en el trabajo y olvidarse del fin de semana. Nadie en su sano juicio podía vivir en esa clase de psicosis. Sin embargo, ella no era una persona normal. Había dejado de serlo en el momento que ese hombre decidió cruzarse en su vida.

Por suerte, el aire de la mañana del lunes tenía un olor distinto.

Se había despertado con la esperanza de empezar de nuevo, con la actitud necesaria para encarar sus problemas sin echarse atrás o huir, que era lo que la mayoría de personas decidían cuando tenían que hacer frente a una situación complicada.

En el despacho donde trabajaba eran seis personas: dos mujeres y cuatro hombres.

Por suerte, los proyectos no faltaban y se podía sentir la tensión de las entregas a última hora. La situación ayudaba a que, en más de una ocasión, tuviera que llevarse parte del trabajo a casa, lo cual no le disgustaba ya que la mantenía ocupada en la soledad del apartamento.

El fin de semana había estado cargado de emociones. Primero, lo que había visto y, después, el constante apoyo de Miguel, que resultaba agotador. En más de una ocasión, se había propuesto marcarle las líneas rojas, cortando así cualquier tipo de esperanza amorosa y dejando la relación como una amistad entre dos personas que se estiman. Sin embargo, no se veía preparada para hacerlo. Incluso, aunque no le importara herirle, la situación requería un esfuerzo emocional que no podía derrochar.

Si perdía a Miguel, que era lo más probable que ocurriera ante el rechazo, se quedaría sola, y eso era lo último que deseaba.

Al llegar esa mañana a la oficina, uno de los arquitectos se dirigió directamente a ella.

—Marlena, ¿podemos hablar? —preguntó.

Lucas era uno de los propietarios del estudio.

Junto a su socio, Andrés Laporte, habían conseguido levantar una marca en la difícil ciudad de Madrid. Para ella, tenían mucho mérito. Ganaban lo suficiente para vivir bien, pero no eran los típicos estirados que alardeaban ser miembros de un club de golf.

Andrés le resultaba atractivo: moreno, alto, guapo, corpulento y con gusto para vestir, aunque sin ser demasiado formal. Nunca usaba traje, prefería las americanas y solía llevar jerséis de lana y zapatos deportivos. Le recordaba a Ricardo, pero sin aquel aura de misterio que llegaba a ser sórdido.

—Sí, claro —dijo ella al llegar y dejó su ordenador portátil sobre el escritorio—. ¿Qué sucede?

—¿Recuerdas que te hablé del auditorio que nos habían encargado para Oxford?

Ella miró hacia otro lado.

No tenía la menor idea de lo que le estaba diciendo y se sonrojó. Supuso que era a causa de la vorágine en la que se había sumergido.

—Algo me suena, ¿por qué?

—Está aquí —dijo el arquitecto.

—¿Quién?

—James. De la oficina.

—¿James? —preguntó en voz alta. Al mencionar el nombre, un tipo trajeado, de piel pálida, ojos claros y pelo castaño, con aspecto refinado, apareció tras la puerta del despacho del jefe del estudio. La ingeniera se puso colorada.

—James Woodward —dijo en un perfecto inglés entregándole la mano—. Y usted debe ser la señorita Lafuente. ¿Verdad?

El hombre la dejó boquiabierta. Su inglés era tan impecable como su español, lo cual no esperaba.

—Bueno… señor Woodward —dijo el arquitecto desconcertado—. Ahora ya conoce a la señorita Lafuente, nuestra ingeniera y quien se encargará de resolverle las dudas sobre el proyecto.

Andrés le lanzó una mirada a Marlena para que le siguiera el juego.

El día comenzaba.

Después de todo, la presencia de ese británico le iba a ayudar a olvidarse de los problemas por unas horas.

* * *

La mañana se le vino encima sin darse apenas cuenta.

La presencia de Woodward la había sacado de la realidad. Y es que, el apuesto inglés, además de tener buena presencia, era un hombre encantador.

De vez en cuando, el origen británico se le escapaba entre las palabras.

Tras varias horas tratando las cuestiones que el supervisor había llevado consigo, no tardaron en demostrar una coquetería inofensiva por parte de los dos. Ella era una mujer bella y él no parecía estar dispuesto a desestimar la ocasión.

La reunión se alargó durante varias horas y el agotamiento comenzó a hacer mella. Cuando Marlena levantó la vista y miró hacia el estudio, notó que sus compañeros habían parado para salir a comer. El inglés percibió esto y se sintió responsable por haberle robado las horas de almuerzo.

—Quizá debiéramos continuar más tarde —dijo frente al montón de planos que había encima de la mesa—, a no ser que acepte que la invite a almorzar algo.

Ella agachó la mirada y se sintió incómoda ante la respuesta forzada que ese hombre había provocado. Tal vez iba demasiado rápido. Aunque no le hubiese importado, presintió que no era lo correcto.

—En otro momento, tal vez —dijo excusándose.

Él la miró y sonrió con afán de quitarle importancia a su proposición. La ingeniera no lograba entender sus intenciones, si era algo común en su país de origen o si intentaba flirtear con ella desde el primer encuentro, pero tenía el corazón a cien por hora—. No se preocupe... Estoy acostumbrada a que se me acumule el trabajo. Puedo lidiar con ello.

Vista su reacción, el cliente supo que la hora de marcharse había llegado, antes de que empeorara la situación.

—Ha sido mi error. En Londres ni siquiera nos planteamos la hora del almuerzo —dijo reculando y eso la alivió. Después se levantó estirándose la chaqueta del traje para poner fin a su visita—. Supongo que volveré a verla, señorita Lafuente. No por nada, pero hemos hablado de muchas cosas y ni siquiera he tomado una nota al respecto... Estoy convencido de que me asaltará alguna duda de última hora antes de abandonar Madrid.

—Puede encontrarme aquí cuando lo necesite —dijo ella mostrándole su blanca dentadura para no entrar en el juego—. Estaré encantada de atenderle en esta oficina.

—Que así sea —dijo él y le devolvió el gesto.

Por un breve momento, se formó una tensión sexual inesperada entre los dos.

Marlena no había imaginado que su jornada laboral fuera a comenzar de ese modo. No le disgustaba, de hecho, agradeció que un hombre, tan interesante como aquel, mostrara interés por ella. Se había olvidado de lo que era flirtear. Empero, la experiencia le había enseñado a no volver a mezclar el trabajo con lo personal. Llevaba poco en el estudio y quería hacer las cosas bien. El británico entendió la postura de la mujer, aunque eso no evitó que la mirara con deseo en la distancia. Era consciente de que su jugada llegaba hasta allí—. Que tenga un buen día, señorita Lafuente.

* * *

Plaza de Alonso Martínez (Madrid, España)
  3 de septiembre de 2017

De nuevo, sentada en la misma mesa de la cafetería que había visitado días antes, ahora la acompañaba el abogado que perdía los vientos por ella, tapándole las vistas que le permitían observar la calle en silencio.

La había recogido en su motocicleta al abandonar el estudio. Detestaba que apareciera sin avisar, pero era incapaz de reprochárselo.

Marlena daba sorbos a un café templado mientras escuchaba como un balbuceo las historias que Miguel le contaba. No se había atrevido a pedirle tiempo, espacio, distancia y una orden de alejamiento indefinida. Era demasiado buena como para romperle el corazón en público. Por su parte, Miguel intentaba ser cordial, comprensivo y es que, por mucho que lo intentara, la cabeza de la ingeniera estaba en otra parte.

Desde que ese misterioso hombre inglés había desaparecido del estudio, no había logrado quitárselo de la cabeza, ni su rostro, ni su olor, ni tampoco la forma en la que le había mirado antes de marcharse.

Deseaba verlo de nuevo, aunque no fuese lo más ético.

Sólo tenía que esperar. Estaba convencida de que él volvería a aparecer.

—¿Y bien? ¿Cómo te ha ido a ti el día? —preguntó el abogado.

Ella vio en sus ojos el reflejo de su rostro apagado, aburrido y distraído.

Se preguntó por qué ese Woodward hablaría tan bien español.

14

Plaza de Alonso Martínez (Madrid, España)
   3 de septiembre de 2017

La visita a esa mujer los había dejado sin palabras.

Mariano estaba convencido de cuál era el siguiente paso a dar, aunque Don no lo tenía del todo claro. Por enésima vez, se veía desaventajado, sentía que iba retrasado respecto a los hechos, como si la vida y su pensamiento se movieran a diferentes velocidades.

En silencio, recorrieron el camino de vuelta a casa, cada uno divagando sin pronunciar palabra. Hasta el momento, se habían limitado a huir, a ser la presa que escapa del cazador, y no se les había dado mal. Sin embargo, ahora intentaban jugar en un tablero donde las piezas eran más grandes que las que ellos tenían. Encontrar a Vélez comenzaba a suponer un riesgo demasiado alto. Mientras que ellos eran solo dos, Don no podía imaginar cuántos de sus hombres habría buscándoles por cada rincón de la ciudad.

Tarde o temprano, terminarían encontrándoles, y esa sensación le provocaba pánico.

—Será mejor que nos quedemos en el apartamento hasta que averigüemos con quién se reunió Sans —indicó el chófer a medida que se acercaban al piso que tenían alquilado—. Sé que es duro para usted estar encerrado tanto tiempo, pero debe entender...

—Sí, que esto es muy arriesgado. Mariano...

—¿Sí, señor?

—¿De verdad estás convencido de que esto tiene salida? —preguntó—. No pongo en duda tu experiencia, ni a tus contactos, aunque llevamos varios días dando palos de ciego. A estas alturas, tal vez estén esperándonos dentro de nuestros dormitorios.

El chófer se rio.

Detestaba esa actitud déspota y patriarcal.

Poco a poco, Mariano se desnudaba como una cebolla que se deshacía de sus capas más duras.

—Comprendo que tanto acontecimiento inesperado termine por desesperarle, señor —respondió con calma—. Pero, sea sincero consigo mismo... ¿Acaso creía que esto iba a ser fácil? Yo soy el primero que contaba con ello... De todos modos, déjeme decirle algo a nuestro favor.

—Adelante.

El coche se detuvo en un semáforo.

—Los servicios de inteligencia no son perfectos —explicó—. Vélez tampoco lo es. Ahora mismo, tras perder a Montoya, es como si le hubieran amputado una pierna... Puede que tenga a otros agentes, como el que nos encontramos en Dinamarca, pero sigue estando solo. ¿Entiende por dónde voy?

—Sí, claro...

—Esta ciudad es su feudo, como así lo fue el mío durante

gran parte de mi vida... Pero eso limita su margen de acción... Puede que ya sepa que estamos aquí, bien... ¿Y qué? Usted, oficialmente, no existe... En cuanto a mí...

—No te pueden detener.

—Sí, sí que pueden. Pero esa no es la cuestión —continuó—. Estamos tratando asuntos de Estado que, en el peor de los casos, sólo pueden llegar al Ministerio del Interior, si es que se arriesgan a cometer una estupidez así. No llega a imaginar lo que le costaría al Gobierno una actuación tan ineficiente como ésta... Los periodistas siempre terminan sacando los trapos más sucios de las cloacas. Mire a Assange, a Snowden... Una guerra interna sería escandalosa y un fallo así pondría en peligro la relación de España con los servicios de otros países. ¿Puede calcular el impacto? A estas alturas, ya se habrá hecho una idea de que existen hechos que nunca llegan a suceder... oficialmente. Por esa razón, a todos les conviene mantener la boca cerrada, incluso si Vélez aparece muerto... En el fondo, él no es tan diferente a usted.

Don sopesó sus palabras durante varios segundos.

Le sorprendía la seguridad que el chófer desprendía al hablar. Lo había hecho desde Varsovia. En aquel momento, su forma de interactuar con él, el tono que empleaba para comunicarse, se había transformado para siempre, a pesar de que se empecinara en mantener la distancia que había empleado desde el principio.

Pensó que, tal vez, la idea de contratar a Mariano no hubiese sido suya, como creó en un principio, y que todo formara parte de una larga estratagema.

Era una idea retorcida, pero no carecía de sentido.

Simplemente debía asegurarse de que no lo estaba juzgando sin razón. Fuera como fuere, cada día estaba más convencido de que le ocultaba un gran secreto.

—¿Y a ti, Mariano?

—¿A mí, qué?

—¿Qué pasaría si fuera a ti a quien atraparan? —preguntó y lo miró con atención—. ¿Qué ocurriría si descubren quién está detrás de todo esto?

El chófer esbozó una mueca de satisfacción.

—Me temo, señor, que Vélez ya está al tanto de eso.

Al cruzar la glorieta, Mariano se quedó pensativo y en silencio durante varios segundos.

Don siguió la dirección de la mirada y sus ojos fueron a parar al cristal transparente de la cafetería. Allí la encontró a ella, en el local que ocupaba los bajos del edificio donde se hospedaban. Sintió una fuerte presión en el pecho acompañada de furia cuando vio el cabello ondulado del hombre que estaba con ella.

Un horrible dolor de estómago lo estaba atravesando.

—Es ella, ¿verdad? —preguntó con voz débil—. ¿Quién es él, Mariano?

El chófer reconoció al acompañante.

Lo había visto con ella la noche que la recogió, antes de partir en búsqueda del arquitecto, pero ninguna explicación le ayudaría a entrar en razón.

Su furia, impotente y dolida, era palpable en el interior del vehículo. Tan sólo debía esperar a que pasara. Cuando Don intentó abrir la puerta, Mariano activó el cierre centralizado.

—Lo siento, señor.

—¡Abre!

—Me temo que no es el mejor momento. Mire cómo se está comportando... ¡Tiene que ser fuerte! ¡No es usted! ¡Contrólelo!

—Mariano, abre la maldita puerta —dijo con los ojos en llamas—. ¡Abre la maldita puerta!

La expresión de indiferencia era superior a las ganas que Don tenía por irrumpir en ese local.

—No le puedo dejar hacer eso. La pondrá en peligro y a usted también —explicó—. Debe calmarse, ya lo ha conseguido otras veces. Reprima sus emociones...

Don golpeaba el cierre, pero la puerta no lograba abrirse y comenzaba a llamar la atención de otros conductores. El exagente sólo deseaba que el semáforo se pusiera en verde.

—¡Abre, joder! ¡He venido hasta aquí por ella! ¡Quiero saber qué está pasando!

—No me obligue a retenerle, señor.

—Te he dicho que abras la jodida puerta o te juro que...

De pronto, sin esperarlo, Mariano lo agarró del rostro y, con una fuerza imparable, le apretó la mandíbula.

Intentó resistirse, pero sentía cómo su energía se desvanecía y se preguntó qué clase de técnica sería aquella.

—Mariano, para... —suplicó como nunca había hecho antes—. Me vas a... romper... la mandíbula.

El exagente lo soltó y Don se echó hacia atrás en un acto inconsciente.

Una repentina calma reinó en el vehículo. El semáforo se puso en verde y el coche salió disparado hacia el aparcamiento.

Don pensó en matarlo, en estrangularlo, pero pronto sus pensamientos se desviaron al ver el rostro de Marlena frente al de ese hombre.

La imagen se volvió lejana, el reflejo seguía allí tras el cristal.

No lo podía creer, había pasado página.

Se vino abajo y, con él, también sus ganas de seguir luchando.

15

Hotel NH Collection Madrid Abascal, Calle de José Abascal (Madrid, España)
   3 de septiembre de 2017

Delante del espejo del baño, deshizo el nudo de la corbata con una mano y se la quitó de un tirón.

Después la echó sobre la cama.

Se miró a los ojos en silencio, comprobó que los laterales de su cabello tuvieran la misma espesura y se aplastó el lado izquierdo con la mano. Dio un respingo y sonrió al reflejo que tenía delante.

Caminó hacia la cama, se sentó en el borde y procedió a desabrocharse los zapatos.

Era metódico, calculador y preciso.

Aplicaba los principios de la visualización antes de iniciar un movimiento y se imaginaba a sí mismo realizando la tarea, milésimas de segundo antes de comenzarla. Era parte de su entrenamiento y le ayudaba a anticiparse antes que su oponente.

Cuando hubo terminado con los dos zapatos negros, procedió a deshacerse de la chaqueta del traje. Sus movimientos eran sencillos, como una coreografía aprendida, pero también lentos y suaves. Al quitarse la chaqueta, sintió un ligero halo de perfume en el aire. Olfateó y lo encontró en el puño de su camisa. Aspiró con fuerza y, por un momento, se trasladó a la imagen mental de esa mujer.

Era hermosa, debía reconocerlo.

Marlena Lafuente era una mujer muy atractiva, pero no estaba interesado en ella. Después de todo, tarde o temprano su historia terminaría. Una pena, pensó. Llevaba demasiados años solo, incapaz de establecer una relación emocional con una mujer que valiera la pena. No había encontrado ninguna que estuviera a su altura.

Dispuesto a desnudarse por completo antes de tomar un baño, una extraña visita interrumpió su tarea. Miró por la ventana y vio el resplandor de la tarde todavía presente.

—¿Sí? —preguntó en voz alta con firmeza.

—Servicio de habitaciones —respondió una voz masculina.

No recordaba haber pedido nada.

—Un momento —contestó y se dirigió a su bolsa de equipaje.

Buscó la Walter P99, una semiautomática alemana de aspecto robusto, la agarró y se la guardó en la cintura.

Cuando abrió la puerta, encontró a un botones con una caja blanca de cartón.

—Buenas tardes, señor Woodward —dijo el hombre sujetando la caja. Estaba fuera de peligro. Era un empleado del hotel, lo había visto antes—. Lamento la molestia, pero alguien ha hecho llegar este paquete para usted.

—¿Alguien? ¿Quién es ese alguien?

El hombre se encogió de hombros.

—No lo sé. Sólo hago recados —respondió con temor a establecer contacto visual—. Han pedido que se lo entregara en su habitación.

Volvió a mirar la caja con incertidumbre y terminó por cogerla.

—Está bien. Gracias —respondió y cerró la puerta sin entregarle la propina.

La caja no pesaba demasiado, por lo que no podía ser un artefacto explosivo.

La colocó encima de la sábana de la cama y la destapó lentamente. En el interior no había más que un viejo teléfono móvil Motorola de tapa. Lo contempló durante unos segundos sin tocarlo. El dispositivo estaba encendido y se preguntó quién le enviaría un objeto así.

La pantalla se iluminó y comenzó a vibrar.

Lo levantó y miró el número desconocido. Después lo abrió y se lo puso al oído.

—¿Sí?

—¿Cómo ha ido? —preguntó Vélez al otro lado de la línea. El hombre suspiró con alivio. Comenzaba a detestar su modo de presentarse.

—Mejor de lo que esperaba —contestó con sequedad—. No me costará mucho ganarme su confianza... ¿Por qué no me lo dijiste?

—¿El qué?

—Que es una mujer bella.

—Porque no es relevante —dijo Vélez sin empatía alguna—. ¿Algo más? ¿Sabes si lo ha visto?

—No... Todavía no me ha hablado de él. Pronto lo hará.

—Estás demasiado seguro de ti mismo. No tragues todo lo que ella te cuente. No sabemos si está de su lado.

—Conozco mis armas, confía en mí.

—Yo no confío en las personas, sino en los hechos —respondió—. Así que haz tu trabajo.

Después colgó.

Desconcertado, volvió a mirar el obsoleto aparato y lo cerró.

Se volvió a ver en el reflejo del espejo del cuarto de baño y sonrió para sus adentros.

Ese imbécil de Vélez se había equivocado con él creyendo que era un principiante. Exceso de soberbia, falta de empatía y una pizca de altivez.

Woodward era un pirata, un mercenario al mejor postor, y lo que Vélez desconocía, era que pronto lo entregaría a los servicios del MI6 británico.

16

Las patas rotas de la silla aún estaban esparcidas por la habitación.

Su válvula de escape, la única forma de despojarse de lo que llevaba dentro, había terminado destrozando varias piezas del mobiliario de la casa. Mientras tanto, Mariano bebía en silencio junto al alféizar de la cocina.

Tras el encuentro fortuito con la ingeniera y su acompañante, y el consecutivo furioso arranque de destrucción, no habían vuelto a dirigirse la palabra. Ninguno de los vecinos se atrevió a llamar a la Policía. Nadie sabía quién habitaba allí.

A la mañana siguiente, se despertó con una fuerte jaqueca que arrastraba su cabeza por el dormitorio. Dio un largo trago de agua de una botella de plástico y comenzó su rutina diaria de ejercicios. Eso le relajaría. No podía quitarse de la cabeza la escena que había presenciado, ni tampoco el primer y único arrebato que el chófer había tenido contra él.

Por primera vez, alguien cercano le plantaba cara sin miedo a las consecuencias.

Mariano, mejor que nadie, sabía de lo que era capaz y, aún así, había sido valiente para frenarlo. La reflexión no tardó en llegar y un pequeño sentimiento de miedo creció en él.

Cuando salió de la ducha, encontró a su compañero sentado a la mesa de la cocina, junto a una cafetera vacía, una taza sucia y un cenicero cargado de colillas. Olía a tabaco y falta de ventilación.

—Buenos días, Mariano —dijo y avistó un cuaderno de notas sobre la madera de la mesa. Había estado tomando apuntes. También vio un teléfono móvil junto al bolígrafo. Tal vez hubiese estado ocupado mientras él dormía—. Respecto a lo de ayer...

—Necesito que me haga un favor, señor —dijo Mariano antes de prosiguiera. Ni siquiera le había mirado a los ojos, cuando empezó a escribir algo en el cuaderno.

—¿Has dormido algo?

El exagente levantó la mirada.

—Hay café recién hecho. ¿Quiere uno? —preguntó con indiferencia esquivando a su interlocutor. Don frunció el ceño, pero aceptó. Agarró una taza de un mueble y se sirvió un poco de café. Después dio un sorbo—. He pasado la noche trabajando en lo que la viuda de Sans nos contó ayer. Como sospeché, nos mintió.

—¿En qué te basas?

—Uno de mis contactos ha rastreado el correo interno de Sans. Al menos, el que empleaba en la oficina —dijo y se rascó la cara. La barba le había crecido unos centímetros y tenía ambos lados marcados por puntos blancos y negros—. Parece que la protección informática en esa aseguradora brilla por su ausencia, a pesar de la información sensible con la que tratan.

—No me sorprende. La inversión en sistemas de seguridad en las empresas suele ser nula —contestó y recordó sus días en la oficina y lo fácil que era revisar los correos de sus empleados.

—El testimonio de la secretaria y el de la esposa, no cuadran —continuó explicando mientras pasaba las hojas de su cuaderno. En él había fechas, direcciones y asuntos de correo escritos a mano—. Los últimos correos que recibió y abrió la mañana del sábado, datan de las diez de la mañana, media hora antes de que nos encontráramos con él. El resto está intacto, sin abrir, lo cual me hace pensar que, si se reunió con alguien, fue contactado por otro medio ajeno al correo.

—Y también has rastreado su teléfono...

—Al menos, el privado —confirmó—. Del otro no hay rastro, por lo que asumo que nos mintió. No existe ningún prepago.

—Pero...

—Tiene sentido. Al triangular la señal de los dispositivos, sólo ha aparecido uno de ellos, el privado. El teléfono está ahora apagado, pero gracias al *ping* que hizo, hemos logrado saber dónde se encuentra.

—¿Ping?

—Una señal de actividad. Si antes era fácil, ahora, con Internet, es mucho más sencillo localizar un teléfono.

—Entiendo... —dijo sin interesarse demasiado—. ¿Y está?

—En su casa.

—¿Bromeas?

—En absoluto. La geolocalización no falla.

—Quizá lo dejara allí en un descuido... —respondió el arquitecto—. En cualquier caso, ¿por qué piensas que es su mujer la que nos miente? Tanto la secretaria como ella dijeron lo mismo. Tal vez fuera él.

—¿Por qué le iba a mentir a su esposa?

—Piensa, Mariano. ¿Porque tal vez llevaba una doble vida?

Mariano se tragó sus palabras y miró con desdén al arquitecto.

Su falta de descanso le hacía delirar. Cuando el cerebro no recuperaba las horas de sueño que necesitaba, los pensamientos se volvían inconexos, dispares y, en la mayoría de ocasiones, carecían de sentido.

—Conocía el perfil de Sans. No era de esa clase de hombres que...

—¿Que mienten? —preguntó el arquitecto y se rio. La mofa no le hizo gracia alguna al chófer—. Partiendo de que los humanos somos capaces de desarrollar diferentes personalidades, en función del ámbito en el que nos desenvolvamos, ¿todavía crees que existe la integridad humana?

Sus preguntas irritaban al exagente.

—Quizá necesite trabajar un poco más —contestó y volvió al cuaderno de notas—, aunque estoy convencido de lo que digo.

—¿En qué estás pensando?

—Esa mujer nos ha mentido. ¿Por qué? No estoy seguro. Quizá porque quiera proteger a su esposo, aunque esto no sirva de nada. Quizá sólo quiera protegerse a sí misma.

—¿De quién?

—¿Vélez? Quién sabe.

Don prefirió no decir nada. Su obsesión comenzaba a ser enfermiza.

Se sirvió un poco más de café y miró por la ventana. La ciudad tenía un color diferente. Era lunes y se podían apreciar los rostros cansados por el fin de semana.

Mariano se levantó, se acercó al microondas, lo abrió y metió el teléfono dentro. Después cerró la puerta con total naturalidad.

Don pensó que había perdido el norte.

—¿Qué se supone que haces? —preguntó asombrado—. ¿Cargar la batería?

El chófer lo miró con desprecio.

—El microondas funciona como una jaula de Faraday. Inhibe las ondas o imposibilita su recepción... —explicó—. Probablemente, el teléfono de Sans se encuentre en el mismo lugar. Ahí estará a salvo... y nosotros también.

De pronto, se acordó de algo.

—No me has dicho qué era ese favor.

Mariano terminó de anotar y cerró la libreta.

—Es un abogado —contestó sin dar más explicaciones y se encendió un cigarrillo. No tardó en encajar las piezas. Don sabía que hablaba de Marlena.

—¿Cómo lo sabes?

—Lo sé. Le he visto un par de veces.

—¿Por qué no me has dicho nada?

—Nunca me preguntó. No creí que fuera necesario.

—¿Son pareja? —preguntó insistente. El pulso se le aceleraba de nuevo—. ¿Por qué me lo has ocultado?

—Cálmese. Eso se lo tendrá que preguntar a ellos. De todos modos, ya no creo que sea de su incumbencia —respondió tajante—. Ese chico se ha encargado de cuidar de la señorita Lafuente mientras usted estuvo desaparecido, señor. Es comprensible que ahora tenga derecho a su oportunidad.

—Esto no es un concurso, Mariano. ¿Cómo se llama?

—Consiga el teléfono. Eso es todo lo que le pido.

—¿De qué hablas ahora?

—Lamento ser de este modo con usted, pero no veo otra opción si queremos avanzar en nuestra investigación —contestó frío y calculador como un agente en posesión del poder. El tono amenazante que empleaba no le gustó nada al arquitecto—. Haga lo que le pido. Visite a esa mujer y consiga el teléfono de su marido.

—Cuando dices nuestra investigación, te refieres a la tuya...

—Deshágase de su insolencia, señor —replicó—. Compórtese como un hombre de verdad y tenga presente la seriedad del asunto. Le recuerdo que estamos aquí con el fin de recuperar nuestras vidas.

—Lo siento, Mariano. Esta vez, no. No pienso irrumpir en la casa de esa señora. Sigo pensando que cometes un error.

—¿A quién intenta engañar? Los dos somos conscientes de lo que es capaz cuando se lo propone. Vaya, sedúzcala, interróguela, haga lo que tenga que hacer y traiga el maldito aparato. Ya sabe a lo que me refiero... Le ha rajado el cuello a otros por mucho menos...Averigüe por qué estaba ahí. No se haga el blando ahora.

—No, no quiero hacer daño a esa mujer. Fin de la conversación.

—Nadie ha hablado de herir a terceros. Limítese a no dejar marcas.

Don se cruzó de brazos y le dio la espalda por unos segundos. En el fondo de su ser, sabía que eso era imposible.

—Maldito diablo... Lo tenías planeado, ¿verdad? Y de qué forma... Siempre un paso por delante de mí, siempre lo has hecho... —dijo. El exagente lo observaba callado. Guardar silencio era la mejor respuesta—. Está bien... De nuevo, tú ganas. Conseguiré el teléfono. Después me contarás todo lo que sabes de él.

Mariano sonrió sin demasiado interés, comprobó la hora y dio una calada al cigarrillo.

—No se demore. Estoy seguro de que llega a tiempo para el desayuno.

* * *

El metro lo había dejado a varias calles del apartamento de la viuda de Joaquín Sans.

De nuevo allí, sintió una estrepitosa fuerza que lo arrastraba hacia su antigua vida. Por suerte, no se dejó llevar por las emociones. Era consciente de que, si cometía un error, lo arruinaría todo.

Mariano tenía razón.

Desde que había abandonado el apartamento, no había dejado de pensar en ese abogado ni un segundo.

El aire de la calle lo devolvió a la normalidad. Los vagones del metro le habían atormentado. Todas se parecían a ella, pero ninguna de ellas lo era. Un sentimiento que arrastró durante paradas hasta que comenzó a pensar en lo que estaba sucediendo. Se sentía perdido, desorientado. Llevaba tanto tiempo huyendo, que se había acostumbrado a ello.

Recordó los años pasados, donde subir en metro suponía un coste adicional y caminar la única alternativa para seguir ahorrando. Se reconoció en el rostro de los estudiantes que, algo más cambiados que él, escuchaban música mientras eran arrastrados hasta las universidades, sin un futuro claro, sin un destino fijo.

En uno de los túneles, observó su silueta en el reflejo de la ventana del vagón.

Ni siquiera podía creer que, el hombre que allí viajaba agarrado a la barra de acero, era él. Tan cambiado, tan destrozado por el paso del tiempo. El cabello largo, ondulado y engominado. La barba que comenzaba a ser frondosa por la parte más baja y una mirada oscura y alicaída que se había instalado en sus ojos desde Montenegro.

Cayó en la cuenta de que ya no era Ricardo Donoso, ni la personalidad que le había convertido en esa figura humana. Por ende, podía empezar de nuevo, cambiarlo todo y buscar una salida. Pronto comenzó a entender los mecanismos de su mente para sabotear sus acciones. Era una reacción humana cuando ésta se enfrentaba al peligro, al miedo, al riesgo de perder la vida. Y es que Rikard Bager, por primera vez, empezaba a paladear la sensación del miedo, una emoción nueva que nacía en él como una flor en primavera. Por el contrario, lo que él sentía en sus adentros, en sus extremidades a modo de cosquilleo o en su pecho con forma de palpitación, no era miedo a perder la vida, porque ésta ya estaba perdida; ni tampoco miedo a perderlo todo, porque ahora sólo podía ganar.

Le asustaba perderla a ella, no física sino sentimentalmente.

Temor a que Marlena dejara de sentir el yunque emocional que arrastraba desde su marcha. Le turbaba no poder amar de nuevo y que ella hubiese enterrado para siempre sus sentimientos.

Plantado bajo la sombra como un ángel caído, vislumbró la fachada que tenía en frente, bajo el placentero anonimato de los viandantes que pasaban por su lado.

Cruzó el umbral de la entrada sin molestar al portero, que se dormía con las páginas del diario, y subió las escaleras repitiendo la hazaña de su visita anterior.

Estaba atormentado, no quería ponerle la mano encima a esa mujer. Tenía miedo a que su lado más sádico saliera de él. Desde Copenhague, había conseguido domar a la bestia que habitaba en su cabeza, acallando su voz, logrando que no volviera a despertar durante un largo periodo. Sin embargo, desde la llegada a Madrid, la presión de los acontecimientos no había hecho más que hervir una olla que estaba a punto de estallar.

Simplemente, no quería pagarlo con esa desconocida.

Cuando tocó el timbre de la puerta, esperó unos segundos hasta que volvió a oír los pies acercándose a él.

Puedes hacerlo, se dijo y tomó una profunda respiración.

La puerta se abrió y apareció ella, esta vez vestida, dispuesta a salir a la calle.

Por su primer vistazo, comprendió que no le desagradaba su presencia, lo cual parecía favorable.

—¿Otra vez usted? —preguntó dándole un repaso con la mirada. La viuda de Sans llevaba unos pantalones estrechos de tela azul que marcaban sus caderas, una blusa de manga larga de color pastel y un collar de perlas al cuello. Don se fijó en su rostro, cuidado aunque arrugado por el paso del tiempo. Tenía un aspecto más presentable y dedujo que probablemente practicaría algún tipo de deporte en su tiempo libre—. ¿Qué quiere ahora?

Don mantuvo la mirada y vio unos ojos dispuestos a hablar, aunque con limitaciones. En una situación común, tal y como había mencionado Mariano, seducirla no era lo más propio cuando su marido había fallecido días atrás. Sin embargo, partiendo de la teoría de que Sans llevaba una doble vida, a Don no le extrañó que su mujer hiciera lo mismo para rellenar su ausencia cuando él estaba fuera de casa.

Debía ser cauto, no la conocía de nada, pero se disponía a guiarse por su instinto, el cual casi nunca fallaba. El corazón le palpitaba, se mostraba seguro, y un fuerte cosquilleo le recorría los brazos.

—Me gustaría hablar con usted —dijo y puso un pie en la línea imaginaria que separaba la vivienda del exterior—. Es sobre su marido, si no le importa.

El cuello de la mujer se estiró. Había dando un paso atrás.

—La Policía es quien se está encargando de esto. A ellos son quienes les tengo que contar todo lo que sé, no a unos desconocidos. ¿Quiénes son ustedes?

Estaba sobreactuando. Lo notó en su voz, en su falsa postura de defensa. Se sorprendió de cómo había olvidado esos detalles.

Puede que supiera algo, pensó. No tardaría en averiguarlo.

—Es importante... —dijo y buscó en su memoria el nombre de esa mujer e intentó recordar con imágenes el dosier que Mariano le había entregado—, Irene. ¿Verdad? Puede estar en peligro.

Pronunciar el nombre de la otra persona siempre tenía un efecto conciliador.

En cierto modo, mencionar el nombre en alto, acompañado de la repetición de movimientos corporales que la otra persona hacía, una técnica empleada por los farsantes para empatizar con el otro, ayudaba a generar cierta familiaridad entre ellos.

—¿Cómo sabe cómo me llamo?

—Ya se lo dije. Conocía a su marido. La mencionó a usted en alguna ocasión... Entiéndame, conversaciones del trabajo, nada más.

—¿Por mucho tiempo?

—No. No demasiado —respondió—. Mire, no tengo mucho tiempo y, por lo que me temo, usted tampoco... Hay algo de lo que me gustaría hablar, a poder ser, en privado. Es sobre su marido y también le concierne a usted. Puede que su integridad se encuentre en riesgo.

Ella miró al pasillo de la entrada para asegurarse de que no había nadie más allí.

—¿Qué es lo que quiere? —preguntó detenida junto al marco de la puerta—. Le he dicho a la Policía todo lo que sé. ¿Qué es usted, un detective?

—¿Me invita a un café? Serán diez minutos. Quizá nueve.

Ella suspiró. Por su forma de observar, no estaba del todo convencida, pero había mordido el cebo.

—No me parece lo correcto, ¿Hablaba usted de peligro? ¿Le debía dinero a alguien? —contestó dispuesta a cerrar la puerta—. No quiero verme salpicada por sus asuntos. Lo siento. Buenos días, señor *comosellame*.

—Espere, espere... —dijo él tocando la madera y evitando que lo dejara en la calle—. Al menos, escuche lo que tengo que decirle. Su marido no le debía dinero a nadie. Es sobre su trabajo... extra.

Ella entornó los ojos.

Pareció interesada en lo que tenía que contarle.

—¿Trabajo extra?

Él asintió.

—Después le prometo que me marcharé. Lo último que pretendo es asustarla.

La viuda reflexionó acerca de lo que había oído y volvió a repasar al arquitecto con la mirada. La curiosidad era superior a ella.

—Está bien. Cinco minutos —dijo y dejó espacio para que entrara—. Ni uno más. Más vale que tenga una buena explicación para hacerme perder el tiempo de esta manera. Hoy precisamente tengo que hacer unas gestiones importantes.

Don vislumbró la luz que salía del pasillo y el sofá de piel que había al fondo del corredor. Al entrar, se topó con una planta de peonías rosas. Pensó que no era lo más apropiado para un difunto. Las ventanas daban al exterior y la claridad atravesaba las cortinas.

La viuda dio la vuelta y caminó hacia la puerta que llevaba a la cocina. La costura de la ropa interior se le marcaba en el trasero al caminar y recordó cuánto le habría gustado esnifar un poco de cocaína antes de hacer aquella visita.

Recordó las palabras de Mariano.

«Limítate a no dejar marcas», repitió para sus adentros.

Luego dio un paso al frente y cerró la puerta con suavidad.

17

Irene Montalvo Sánchez, así era como se llamaba, así figuraba en el diploma de Licenciada en Derecho que colgaba junto al mueble donde guardaba la vajilla de boda.

Con las manos a la espalda, Don siguió los pasos de la extraña mujer hasta la puerta de la cocina. Estaba algo nerviosa a la vez que distraída y hacía movimientos torpes que llamaron su atención.

—Maldita sea. Es hora de cambiarla —dijo al intentar abrir una vieja cafetera Moka metálica. Después se detuvo un segundo en silencio—. Él era incapaz de cambiarla por una automática... Espero que no le importe.

—En absoluto —dijo él y se apoyó sobre la encimera de granito.

La cocina era amplia aunque escueta.

Un espacio clásico en los edificios construidos a mediados de la década de los noventa. No obstante, carecía de televisión, a diferencia de muchos hogares españoles, y tampoco tenía una mesa en la que comer. Probablemente, los Sans tuvieran un servicio, o lo hubiesen tenido en el pasado, pensó mientras observaba a esa mujer.

Se cuestionó cuál sería el mejor modo de abordarla, si mediante la conversación o pasando a la acción directamente.

Había caído en su primera trampa.

Lo más seguro era que ella se preguntara qué peligro corría su integridad. De algún modo, tenía que distraerla o fingir la necesidad de acudir al cuarto de baño para encontrar el dichoso aparato. La otra vía era sometiéndola. Más rápida, aunque más arriesgada. Pero, si salía mal, no podría regresar allí o tendría que matarla para hacerlo.

Carraspeó con el fin de llamar su atención. Pegó un vistazo rápido por el espacio, asegurándose de que no existieran cajones ni objetos punzantes a su alrededor. Ella logró enroscar la máquina y encendió la vitrocerámica—. La verdad, Irene, no sé por dónde empezar...

—Vaya al grano —dijo sin preámbulos y se dio la vuelta. El círculo rojo del cristal se calentaba—. No es lo normal que un extraño entre a mi casa, ¿sabe?

—Tengo la sensación de que no fue del todo sincera con nosotros...

—¿Y por qué iba a serlo? No les conozco de nada. Ni siquiera entiendo cómo le he dejado entrar. ¿Quién diablos es usted?

—Ya se lo dije. Mi nombres es Vázquez. Trabajaba con él.

La mujer se cruzó de brazos.

—¿Cree que me chupo el dedo?

—Escúcheme con atención. No sé hasta qué punto su marido le dijo a qué se dedicaba... Tal vez jamás le revelara que llevaba una doble vida, pero estoy convencido de que se sorprendería si le contara que trabajaba para los servicios secretos del Estado.

—¿Un espía? ¿Joaquín? No me haga reír —respondió y volvió a darse la vuelta para comprar la cafetera—. ¿Leche? ¿Azúcar?

El café comenzaba a salir.

La máquina empezó a gorgotear.

El humo subía por el extractor.

—Le juro que le estoy diciendo la verdad. Tan sólo intento protegerla de lo que pueda venir y por eso le pido que sea sincera conmigo —prosiguió y se acercó unos centímetros. Sus manos se movían como piedras imantadas hacia el cuerpo de esa mujer. La conversación no iba a ninguna parte.

Ella no estaba dispuesta a hablar y él había perdido mucha práctica en el campo de la dialéctica. Así que pensó que atarla a una silla sería lo más prudente. Tan sólo necesitaba abordarla con cuidado, cuando estuviera desprevenida.

—Mi marido me llamó el sábado por la mañana, poco más tarde del almuerzo —dijo con voz grave y seria mientras destapaba la máquina—. Estaba asustado, me contó que dos hombres lo habían secuestrado y metido en un coche...

Don se detuvo y prestó atención a lo que decía.

—¿Quiénes eran esos hombres?

—Un tipo alto y corpulento y otro más viejo —prosiguió. El arquitecto empezó a inquietarse—. Sólo logró ver a uno de ellos, al alto. Dijo que tenía una voz grave, el cabello largo, la barba frondosa y una mirada vacía...

—¿Le dijo algo más? ¿Cómo se llamaba?

—Sí... —respondió y apagó la vitrocerámica. La mujer agarró el mango de la máquina para servir el café—. Me rogó que si alguien con esas características venía a casa... me defendiera antes de que fuera tarde.

Tan pronto como hubo terminado la frase, lanzó la máquina humeante contra el arquitecto, vertiendo el ardiente líquido sobre él.

Don, desprevenido, sólo pudo cubrirse el rostro con los

brazos y echarse a un lado. El líquido cayó sobre su ropa como ácido, quemándole la cara y parte de las manos.

Se escuchó un fuerte golpe metálico contra el suelo. Don pegó un grito, ella salió disparada hacia el pasillo y él sintió cómo se escapaba de sus manos.

Antes de que fuera tarde, aguantó el dolor apretando los puños y corrió tras la mujer.

Por fortuna, el líquido no le había afectado a los ojos, aunque sentía un fuerte escozor en el cuello. Pero no tenía tiempo para lamentos. Si la dejaba marchar, posiblemente lo encerraría allí dentro hasta que llegara la Policía.

A metros de ella, la buscó y dio varias zancadas. La mujer, cercana a la puerta, tiró de la manivela al ver que el arquitecto iba a alcanzarla.

La puerta se abrió, logró poner un pie en la calle.

El aire frío del rellano entró en la vivienda, pero un brazo la alcanzó por la nuca y la arrastró contra la madera. La puerta se cerró de nuevo provocando un fuerte estrépito.

Notó la presión que ejercía su mano. Esa mujer luchaba en silencio por deshacerse de él. Superior en fuerza, la golpeó dos veces contra la pared hasta que sintió su cuerpo como si fuera de goma.

Segundos más tarde, cayó inconsciente sobre sus brazos.

* * *

Estaba cabreado consigo mismo, pero no le había dado otra opción.

Después de aquel espectáculo, no había logrado encontrar el teléfono de su marido.

«Piensa como lo haría él», se repetía buscando por los

rincones de la vivienda.

Pero él no era un espía, ni tenía tiempo para jugar al escondite.

Cuando Irene Montalvo despertó maniatada a los pies de la cama de matrimonio de su dormitorio, el arquitecto esperaba mientras la crema para quemaduras que había encontrado en el botiquín le hacía efecto.

Por fortuna, no había roto lo pactado.

El impacto había sido fuerte y certero, pero el rostro de la mujer no presentaba más desperfectos que el de una persona que había trasnochado varios días consecutivos.

Con el pelo alborotado, el maquillaje corrido y una jaqueca infernal, la abogada logró abrir los ojos, desorientada, perdida en el abismo de su propia habitación.

Se dio cuenta de que tenía la boca tapada con un trozo de cinta adhesiva y que no podía mover las manos. Intentó zarandearse desesperada, a pesar de entender que no existía escapatoria. Era un cuarto amplio, decorado con ornamentación, muebles de roble y fotografías con su marido en diferentes lugares del mundo.

Don sujetaba un portarretratos.

Parecían haber sido felices, dentro de la mentira en la que habían vivido juntos.

Se preguntó si eso era posible, si vivir a medias con otra persona, merecía la pena. En ese caso, lo suyo con Marlena aún tenía posibilidades de cuajar, aunque su situación no era comparable con lo de aquel matrimonio.

—¿Es Tom? —preguntó señalando a la foto. Mariano se lo había mencionado, pero no existía rastro de él en la casa. La mujer lo miró extrañada—. Bonito perro. Lamento su pérdida.

Ella pestañeó recuperando la respiración. Estaba atrapada y

consumida por el golpe. Murmuró algo ininteligible que Don se limitó a oír con desinterés. No la iba a matar. No tenía razones, ni ganas de hacerlo. Y, por eso mismo, se sentía así.

—Escuche, no tenía intenciones de hacerle daño, pero no me ha dejado otra vía —explicó devolviendo la fotografía a su sitio—. Tirarle la cafetera a alguien... es de muy mal gusto.

La miró esperando una reacción y, rozándose con las yemas de los dedos, se aseguró de que la piel había embebido la crema de su cara.

Ella permaneció quieta. Quizá siguiera aturdida.

Sus ojos continuaban inyectados en sangre.

—Si no intenta nada más y responde a mis preguntas —dijo—, la dejaré en paz, se lo prometo, pero necesito confiar en usted.

Ella asintió con la cabeza. Acto seguido, Don se acercó a su rostro y sintió el pánico que desprendía.

Le quitó la cinta adhesiva de los labios con un movimiento seco y doloroso. La mujer respiró aliviada.

—Los vecinos habrán llamado a la Policía —dijo, con la voz entrecortada—. Mis amigas les habrán avisado en cuanto hayan descubierto que no llegaba a mi encuentro.

Don sonrió. Era una embustera profesional.

En efecto, se había asegurado de que nadie les molestara, arrancando el cable del teléfono y apagando su terminal móvil.

—Su marido colaboraba con el CNI y le cerraron la boca porque sabía demasiado.

—Cuénteme algo que no sepa.

—Dígame dónde está su teléfono móvil.

—¡En el bolso! ¿Dónde va a estar?

Don ladeó la cabeza.

—El de su marido. No juegue conmigo, se lo advierto.

—No sé de lo que me habla, se lo prometo... —dijo y miró a otra parte—. Lo tendrá la Policía.

Don se acercó y le tocó la pierna con la punta del zapato.

—¿Quiere sentir el café abrasando su piel? Tienes un cutis muy cuidado. No me cabree y responda.

—No me haga nada, le juro que no sé qué quiere de mí. Yo no tengo nada que ver con mi marido, siempre estuve apartada de sus asuntos...

—Si sigue jurando, acabará en el infierno —respondió—. Quiero el teléfono.

Ella miró hacia un rincón de la habitación.

—Le he dicho que no sé nada del maldito teléfono. ¡Déjeme en paz!

Don le asestó una bofetada como advertencia.

Ella rompió a llorar.

Tuvo la sensación de que todo aquello era una pérdida de tiempo y decidió cambiar de estrategia.

—¿Se reunió su marido con alguien después del secuestro?

—Tengo sed... Por favor, se lo ruego —respondió ignorando las preguntas—. Tráigame un vaso de agua, me duele mucho la cabeza...

El arquitecto comenzaba a perder la paciencia.

Hacía mucho tiempo que no se topaba con alguien así. Él nunca había sido paciente con sus víctimas. Lo peor de aquello era que esa mujer no era una de ellas. De lo contrario, ya la habría hecho callar.

Encontrar el teléfono iba a ser más complicado de lo que había imaginado en un principio. Ahora, el escenario estaba revuelto y debía apresurarse antes de que llegaran las visitas. No podía confiarse. Si esa mujer sabía o no más de lo que aparentaba, era secundario. La experiencia le había enseñado que el orden de prioridades era lo que diferenciaba a alguien con éxito de un fracasado.

Priorizar lo más importante, dejando atrás lo superfluo.

Arrepentido por la triste escena, le concedió el deseo a la mujer y se dirigió a la cocina. Allí, lo vio claro y una imagen se representó en su cabeza.

«Maldita jaula de Faraday», se dijo y caminó hasta el microondas.

Tiró de la puerta y allí encontró un viejo teléfono móvil de color negro. En efecto, estaba apagado. No era una casualidad.

—¡El agua! ¡Me estoy muriendo de sed! —gritó desde el dormitorio y volvió a escuchar el lamento de quien está a punto de perderlo todo. Para fortuna de esa mujer, él había encontrado lo que necesitaba sin haberla torturado como había pensado hacer en un principio. Se guardó el aparato en el bolsillo. Llenó un vaso de agua y regresó—. Por favor, no me haga daño...

Sin dirigirle la palabra, le acercó el recipiente.

La viuda tragó el líquido a toda velocidad y remató el ejercicio con un suspiro de alivio.

Sus ojos se cruzaron. Ella encontró la misericordia en los de él.

—Lo siento —dijo él.

—¿Qué me va a hacer?

Suspiró, se agachó unos centímetros y la volvió a mirar a los ojos.

—Le prometí a alguien que no le haría daño.

Las pupilas de la viuda se mancharon de una niebla oscura.

Don la agarró de la cabeza y la golpeó contra el suelo hasta que perdió la consciencia.

18

Regresó avergonzado por lo que había hecho.

Se sentía miserable, se había convertido en lo que siempre había odiado; se estaba transformando en él, en su padre.

Esa mujer no le había dado alternativa.

De pronto, entendió cómo todo lo que había vivido en los últimos meses, le había llevado a perder el contacto con la realidad. Los ambientes hostiles por los que había transitado, no se parecían en nada a aquellos a los que solía frecuentar cuando era Ricardo Donoso. Puede ser que ese nombre sólo fuera una muesca del pasado, un recuerdo perecedero que pertenecía a alguien ya enterrado. Se dio cuenta del riesgo que había cometido agrediendo a esa inocente señora.

Ahora, reconocería su rostro, y se preguntó por qué no había sido capaz de continuar con su ética hasta el final.

Uno de los principios que siempre habían regido su vida era el de acallar la sospecha, la suya propia y la ajena. Dar la alguien la oportunidad de hablar era sembrar el fracaso. Pero siempre sentenciaba a quien se lo merecía, no a una persona inocente que se cruzaba en su camino. Existían formas, métodos que había olvidado o pasado por alto.

De pronto, un fuerte dolor intestinal se apoderó de él.

Cuando salió de la boca de metro, pasó por delante de la cafetería en la que había visto a Marlena con ese abogado. Metió la mano en el bolsillo y palpó el teléfono móvil que había robado. La mesa que la ingeniera había ocupado horas antes, ahora estaba vacía.

Estaba perdiendo el control y Mariano lo manipulaba a su antojo.

¿Desde cuándo permitía que dictara las reglas del juego?, se preguntó.

El dolor se volvió más intenso.

Delante del cristal transparente, contempló también su imagen cambiada, deteriorada a causa de una alimentación desordenada, la falta de ejercicio diario que solía practicar y un quebradero de cabeza que arrastraba desde hacía meses. Sólo reconoció sus ojos, todavía vivos, aunque tristes y casi sin brillo. El hombre que tenía frente a él era un desconocido para todos. Jamás había imaginado que el revés de sus actos tuviera tales consecuencias.

Entró en el portal y subió las escaleras para ejercitar las piernas y dejar que el bombeo de la sangre oxigenara su cuerpo. Eso le ayudaría a concentrarse y dejar marchar los pensamientos que mezclaban a Marlena con la persona a la que había visitado.

Abrió la puerta y sintió el humo de los cigarrillos de la cocina.

Comenzaba a ser una norma encontrar a Mariano fumando allí, consumiéndose lentamente. No lo había visto de esa manera hasta entonces y era un síntoma que le preocupaba. Como él, estaba perdiendo la compostura.

La radio sonaba más alta de lo habitual.

Cerró sin hacer ruido y cruzó el pasillo sin avisar de su llegada.

Oyó un murmullo. Era la voz del exagente. Cuando alcanzó la puerta, lo vio.

Mariano llevaba una camiseta interior blanca y los pantalones del traje. Conversaba por teléfono con alguien. La música de la radio impedía escuchar con claridad.

—Tengo que dejarte —dijo y colgó al verlo. Después volvió a meter el aparato en el microondas—. ¿En qué diablos andaba?

Furioso, Don se acercó a la radio y la apagó de un golpe.

—¿Con quien hablabas? —preguntó con el rostro tenso y los ojos abiertos de par en par.

—Eso no le incumbe, señor —dijo indiferente y dio un sorbo al café frío que había sobre la mesa.

Furioso, Don levantó la mesa por un lateral y la lanzó contra la pared.

Se escuchó un estruendo, la vajilla se hizo añicos y el líquido se desparramó por los azulejos del suelo. Desprevenido, Mariano reaccionó echándose a un lado de la habitación.

Don daba profundas respiraciones con los ojos encarnados y el rostro húmedo de sudor. El chófer lo miró con el semblante serio, aunque no parecía irritado por la respuesta del arquitecto.

—Empiezo a cansarme de que me ocultes información... —dijo Don recuperando la normalidad—. No juegues conmigo. Te lo advierto, Mariano.

Sus palabras agrietaban el suelo, haciendo más grande la distancia entre los dos.

—No lo hago, señor. Sólo intentaba evitar...

—¿El qué?

—Esto que acaba de suceder —dijo señalando a la mesa—. ¿Se ha olvidado ya de quién es?

—No puedo olvidar algo que nunca existió.

Mariano se acercó a él y lo sujetó del rostro con ambas manos clavándole los ojos.

—No pienso permitir que se apodere de usted, ¿lo entiende? —preguntó. La respiración de Don volvía a la normalidad. Era la primera vez que lo miraba de ese modo, apenado, pero con esperanza—. No quiso recibir ayuda de especialista, ni ponerse en manos de un tratamiento especial... pero le prometí que conmigo estaría a salvo, siempre y cuando confiara en mi palabra... Se lo pido, escúcheme... y haré lo que tenga que hacer y lo que esté en mis manos para mantener la situación bajo control.

—Deja de tratarme como alguien que ha perdido la cabeza... ¡No estoy enfermo! ¿Me oyes?

El desmán apartó al chófer medio metro.

—Nunca lo he hecho, ni lo haré. Pero... ¿Se ha preguntado de dónde viene esa voz que le habla en ocasiones? ¿Se ha preguntado de dónde viene esa fuerza sobrenatural?

—No necesito preguntas. Sé que es su culpa. Mi padre...

—No toda la culpa es de su padre.

Al escuchar al chófer, su respiración volvió a acelerarse.

—Mira, no quiero hablar de esto ahora o me pondré de muy mala leche... —respondió, bajó la guardia, sacó el teléfono y lo puso sobre el mármol de la cocina—. No quiero cometer otro error. Ahí tienes lo que querías.

Mariano contempló el dispositivo como si fuera un metal precioso.

—¿Le ha costado conseguirlo? ¿Fue fácil interrogarla?

Don lo miró con desprecio.

—¿No ves mi cara? —preguntó señalándose el quemazón que había casi desaparecido—. Te dije que no tenía que ir a esa casa, te lo dije...

—¿Qué ha pasado?

El arquitecto pensó antes de responder.

—Nada.

—La ha herido.

—Ya te he dicho que nada. ¡Aquí tienes el maldito teléfono!

Mariano guardó silencio esperando a que se calmara.

—Le está pasando de nuevo, señor. Está distorsionando su realidad. El estrés, la mezcla de recuerdos pasados con los del presente. Tarde o temprano, volverá a tenderle una trampa, como hizo anteriormente...

—Pero... ¿De quién hablas, Mariano?

El exagente le mostró una sonrisa. Después acercó el índice de su mano a la cabeza de Don y le dio un toque.

—De su otro yo, señor... —dijo apuntando a la sien—. De la persona atrapada aquí que intenta engañarle.

19

Calle de Génova (Madrid, España)
  4 de septiembre de 2017

No había dejado de pensar en él tras su visita a la oficina.

James Woodward se le había aparecido en sueños.

Mientras tomaba el primer café de la mañana, se preguntó qué tendría ese hombre para haberle causado una impresión como aquella. No encontró respuesta, aunque fue lo suficientemente lista para darse cuenta de que así era cómo empezaba todo: una semilla en las entrañas, un capullo de seda en el estómago que se transformaba en mariposa y un virus letal que se apoderaría de cada segundo del día.

Así era cómo había empezado con su primer amor y así eran los primeros síntomas. Lo que sentía por aquel desconocido significaba algo más que una mera e intensa atracción.

—Estás delirando, Marlena —dijo en voz alta al verse al espejo.

Llevaba quince minutos allí perfeccionando la línea de sus ojos.

Cuando se dio cuenta, cerró la puerta del baño, agarró la gabardina de otoño y abandonó el apartamento sin mirar atrás.

Minutos más tarde, la ingeniera abandonaba la boca de metro más cercana a su oficina.

El tráfico de personas que subía y bajaba por Génova era intermitente. A pesar de llevar allí unos meses trabajando, no se sentía cómoda entre la multitud de trajes y corbatas, de teléfonos de última generación y actitudes altivas con las que se topaba por las aceras. El brillo de labios de las mujeres era más intenso de lo normal; los zapatos de los hombres siempre parecían nuevos. Todo le recordaba a él, no al inglés, sino a su antiguo jefe, razón por la que, sin darse cuenta ni cuándo ni por qué, su cabeza comenzó a barrer toda aquella parafernalia para los esclavos del consumo.

Para su suerte, la llegada de Woodward, por muy efímera que ésta fuera a ser, le había ayudado a dirigir sus pensamientos en una dirección distinta a la cotidiana y eso la hacía sentir más ligera, aliviada. Tarde o temprano, olvidaría al hombre que había visto en el interior de aquel coche.

A punto de entrar en el portal que daba paso al edificio de oficinas, el teléfono vibró en su bolso.

—Oh, no... —dijo con desasosiego. Era Miguel, el abogado, el eterno caballero sin amor correspondido. Miró a su alrededor, pero las personas que se cruzaban por su paso, estaban demasiado ocupadas en las pantallas de sus aparatos electrónicos—. Lo siento.

Cortó la llamada, dejando al letrado con la miel en los labios, guardó el teléfono y tomó el ascensor.

Al llegar a la oficina, se alegró de que el equipo de empleados que ocupaba la plantilla, no fueran los rostros que había dejado durante su estancia en los RD Estudios.

—Buenos días, Marlena —dijo Olya, la delineante ucraniana de Leópolis que estaba terminando las prácticas en Madrid. Una chica agradecida, trabajadora y fuerte en un entorno que no era el suyo. El acento eslavo de la joven rubia le resultaba encantador a la ingeniera—. Tienes buen aspecto hoy.

—Gracias, Olya —contestó—. ¿Has llegado la primera?

—No... —respondió sonrojándose y señaló al único cuarto privado que había al otro lado del pasillo—. Lucas y Andrés están reunidos en su despacho.

Marlena levantó las cejas extrañada al escuchar la noticia.

Sus jefes nunca llegaban antes de las diez, así que supuso que habría algún contratiempo de primera hora. Dejó el bolso sobre la silla giratoria de su escritorio, encendió el ordenador y comprobó la bandeja de correo electrónico. El teléfono de la oficina sonó.

La ingeniera y la becaria se miraron durante varios segundos para decidir quién atendía. Por haber llegado la última y por la falta de iniciativa de su compañera, Olya se lanzó a atender la llamada.

—¿Sí? —preguntó. Ladeó el rostro sorprendida y miró a la ingeniera—. Sí, claro... Un momento. Tapó el micrófono y estiró el cuello entre las pantallas—. Es para ti...

—¿Para mí? —repitió.

Marlena nunca recibía llamadas que no fueran de sus superiores y así lo prefería.

Había decidido empezar de nuevo, sin un historial detrás. Los clientes apenas la conocían, por lo que no era común recibir llamadas a primera hora.

—Es el inglés —susurró Olya en tono conspirativo, como una adolescente—. James Woodward. ¿Le digo que no estás?

Un calor inhumano se apoderó del cuerpo de la ingeniera.

De pronto, las axilas y las manos le sudaban. Necesitaba aire fresco, abrir las ventanas, tomar un vaso de agua antes de consumirse allí dentro. ¿Por qué se comportaba así?, se preguntó en silencio.

Intentó guardar la compostura. Ni Olya, ni el resto de la oficina, estaba al tanto de la conversación que habían tenido, al menos, en su totalidad.

—Está bien... —dijo moviendo el aire con la mano—. Lo atenderé.

La joven eslava alzó los hombros y le pasó la llamada.

—Buenos días, señorita Lafuente —dijo el inglés forzando su pronunciación para que se pareciera a la de un nativo—. ¿Llamo en buen momento?

—Hola, señor Woodward.

—Puedes llamarme James —dijo él antes de que continuara—. Si me dejas llamarte Marlena, por supuesto.

El corazón le latía demasiado fuerte. En cualquier momento rompería su plexo solar.

—¿A qué se debe una llamada tan temprana? —preguntó en voz alta para aclarar las dudas que pudieran surgirle a Olya. No desconfiaba de ella y estaba segura de que no diría nada al resto, pero tampoco la conocía demasiado y ella no era la más veterana del despacho—. ¿Es normal en Londres?

Con su respuesta, el inglés entendió que la ingeniera no estaba dispuesta a cruzar ciertas fronteras, por lo menos, a través de la línea telefónica. Pero no le importó.

Suspiró con aires de una derrota temporal y se armó de valor para continuar sin darle importancia.

—Entiendo... —contestó con una risa interior que apenas se podía apreciar—. Verá, Lafuente, estuve anoche repasando todo lo que vimos, parte de los planos que me entregó y he notado que no corresponden los números de las medidas con el proyecto. Me temo que ha habido un error de cálculo o una confusión. En cualquier caso, esto debería ser aclarado antes de avanzar.

—¿Un error de cálculo? Lo hace una máquina. Es poco probable que eso suceda.

—Lo sé. Por eso mismo me gustaría que me dijera que ha sido un error. En Londres no quieren futuros contratiempos... Supongo que lo entiende.

Marlena tragó saliva.

Woodward sonaba frío y distante.

La conversación del día anterior había quedado en un segundo plano tras el rechazo telefónico. Se sintió como una idiota, no por haberse ilusionado con él, sino por haber caído de nuevo en los caprichos de otra persona. Volviendo al trabajo, el inglés parecía hablarle en serio y, en ese caso, la responsabilidad del asunto caería sobre ella. Perder un proyecto así, suponía poner en peligro su puesto de trabajo. Desde hacía unas semanas notaba el descontento de Andrés y Lucas. Conocía esa manera nerviosa de moverse por los despachos cuando algo iba mal. Lo había visto antes con Ricardo.

En otra ocasión, hubiese discutido lo sucedido, pero dada la situación, no tuvo más remedio que ceder el orgullo.

—Por supuesto... —respondió insegura—. ¿Quiere que nos reunamos?

—Eso mismo le iba a decir yo —contestó él. A la ingeniera se le aceleró el pulso de nuevo. Si no terminaba pronto la conversación, sufriría un paro cardíaco—. ¿Qué le parece si cenamos juntos?

—No sé si es apropiado, la verdad.

—En esa oficina suya, apenas pasa el aire... —dijo bromeando—. ¿Le parece mejor mi habitación de hotel?

—Por supuesto que no.

Él rio al otro lado y consiguió sacarle una sonrisa.

—Cenemos juntos, hablemos de esto y solucionémoslo de un modo amigable. Por mi parte, sé que abuso de su amabilidad, pero también quiero compensarla de algún modo.

—Es mi trabajo.

—La recogeré a la salida.

—Pero...

—Nada de formalidades, señorita Lafuente —dijo y colgó decidido tras despedirse.

Un gran peso llenó su estómago y las mariposas empezaron su aleteo.

20

Miguel Loredo Martínez.

Así se llamaba el hombre que acompañaba a Marlena en la cafetería.

El nombre estaba escrito en una nota de papel arrugada que Mariano le había entregado después de hacer volar la mesa en pedazos. Por el primer apellido, dedujo que sus antepasados serían gallegos. En Madrid había mucha gente con raíces del norte de España, por lo que no sería una rareza.

Loredo Martínez.

No le costaría demasiado, pero... ¿Por dónde empezar?, se preguntaba en la cama observando el nombre sin tregua.

Decidido a marcharse en busca de aquel desconocido, a pesar de que no tenía su dirección ni más información sobre él, el chófer lo detuvo en el pasillo cuando lo descubrió con intenciones de abandonar la casa.

—¿Hace cuánto que lo sabías, Mariano? No me mientas, por favor —dijo leyendo, una a una, las letras del nombre—. ¿Estaba con él antes de venir a Dinamarca?

Mariano barría con una escoba el estropicio que Don había

dejado tras arrasar con la cocina. Ahora sólo quedaban algunos cristales rotos y los restos de líquido que había derramado sobre el suelo. Con la parsimonia de alguien que no tiene intención de terminar su trabajo, a la vez que sopesa la respuesta, meneó la escoba acercando los restos de basura a un recogedor de plástico y miró por la ventana.

—Ya se lo he dicho. Es todo lo que sé —explicó y se volvió hacia él—. Decir que tienen una relación... es hablar demasiado. Ya le digo, no estoy seguro, pero me temo que no está a la altura de la señorita Lafuente.

—¿Quieres decir que yo tampoco lo estuve?

—No me malinterprete, señor —contestó alzando el dedo acusador—. Le estoy dando mi opinión... Por lo que sé, por lo que observé durante su ausencia, me temo que esa relación no llegará a puerto... Es obvio que él está interesado en la señorita, pero no podría afirmar lo mismo de ella.

—¿En qué te basas?

Mariano echó hacia atrás los hombros e irguió la espalda. Después se quedó atento a la reacción de su interlocutor, como si hubiera preguntado una bobada.

—Señor... Tengo la edad suficiente y he visto demasiado como para saber cuándo una mujer está interesada en un hombre o no —respondió con voz seria—. Ese Loredo no es un mal hombre, un niño rico, adulto, pero todavía niño, que intenta impresionar a las mujeres con su fortuna, pero no es usted, si es lo que busca oír...

—¿Por qué no lo has dicho antes?

—Maldita sea, ¡eso intentaba! Pero usted no escucha, demonios... —reprochó—. No pierda el tiempo, ni la cabeza, pensando en ellos...

—Mariano, si Marlena está con otra persona, será mejor que

lo sepa. Entonces, la dejaré en paz para siempre.

El chófer chasqueó la lengua.

—Eso es algo que debería plantearse en cualquiera de los casos. Tengo la sensación de que comienza a obsesionarse con el tema...

Don se acercó veloz hasta el chófer y pudo sentir el aliento amargo de éste a escasos centímetros. Después se alzó por encima de él como una torre gigante y lo miró desde arriba.

—No vuelvas a hablar de obsesiones, Mariano.

Indiferente, como si no temiera la furia que podía desatar en el arquitecto, el exagente dio media vuelta para regresar a la ventana.

—Le di lo que me pidió. Teníamos un trato —dijo y agarró un cigarrillo de la cajetilla que estaba ya casi vacía. Lo encendió y extendió los brazos—. Ahora, ayúdeme. Necesito su ayuda...

—Siempre hay algo más. ¿Cierto?

—Escúcheme, por favor —dijo quitándole importancia al comentario y recogiendo los últimos trozos de vidrio—. Mientras se le pasaba el cabreo en su habitación, he conseguido poner en marcha el teléfono para que mi contacto se saltara el código de seguridad.

—¿A distancia?

—Sí, claro. ¿En qué año vive? —preguntó confundido—. Parece que Sans no era muy cuidadoso para ser un informador. En efecto, este teléfono está fuera de servicio desde que llegó a su casa. ¿La razón? La desconocemos, no entiendo por qué lo guardó allí, aunque alguien se encargó de desactivar la tarjeta SIM de forma remota. En cualquier caso, no nos ha impedido entrar en el historial de llamadas de la memoria. El muy imbécil olvidó borrarlas.

—Números ocultos.

—No exactamente —respondió molesto por la intervención del arquitecto—. Mucho mejor... El número que aparece en las últimas dos llamadas está ligado con la oficina de una asesoría laboral. He buscado la sede física y adivine dónde se encuentra.

—No tengo la más remota idea, Mariano... No estoy para adivinanzas.

—Usera —respondió—. El barrio chino de la ciudad.

Mariano se quedó expectante a una reacción, pero Don parecía no entenderlo.

—¿Por qué me miras así?

—¿No le dice nada?

—En absoluto. Usera es parte de Madrid, ¿no?

—Quizá debiera tomarse otro café... ¿No le parece extraño que un hombre como Sans se comunique con una asesoría con oficina en Usera? Sin mencionar el detalle del segundo teléfono. Partiendo del tipo de *yuppie* que era Sans, esto se traduce a una absoluta incongruencia.

—Tal vez tuviera una amante.

—Déjese de bobadas, señor... Le estoy hablando en serio. Es ahí donde tenemos que ir —dijo convencido—. Si de verdad existe una conexión entre Vélez y este hombre, está aquí, en esta dirección.

* * *

Calle de Amparo (Barrio de Usera, Madrid, España)
4 de septiembre de 2017

Delimitado por el río Manzanares y el barrio de Carabanchel, Usera, una de las antiguas áreas periféricas del sur de la ciudad, se había transformado con la llegada del nuevo siglo.

En muy poco tiempo, los carteles con rótulos llamativos se hicieron con la mayoría de sus calles. En cuestión de años, la inmigración absorbió los edificios de viviendas.

Usera era conocido como el distrito chino de la ciudad, no por la prostitución, sino por la cantidad de asiáticos que se habían mudado allí.

Miles de familias se habían instalado para cambiar la idiosincrasia del barrio, los nombres de las tiendas, el ruido al pasear y las tradiciones de quienes habitaban por sus calles. Al igual que en el Soho londinense o en el China Town neoyorkino, los vecinos de Usera dictaban sus propias normas no escritas.

Condujeron hasta allí por la A-42 tras haber cruzado el Manzanares y tomaron el desvío que los llevó hasta una de las avenidas centrales del barrio. Don no se opuso. En su interior, algo le decía que Mariano, una vez más, estaba equivocado. En el fondo, quería tener la razón y reprocharle, por una vez, que sus pesquisas no iban a ninguna parte. Sólo así, podría tomar el timón. Por otro lado, pronto terminaría con la visita y así tendría más tiempo para dar caza a ese Loredo. Cuanto antes lo hicieran, antes podría ocuparse de sus asuntos personales.

A diferencia de otras partes de la ciudad, Usera era el reflejo del desarrollo urbanístico: edificios de cuatro alturas, pegados los unos con los otros; fachadas de ladrillo caravista, balcones con toldos verdes, comercio tradicional y bares en los bajos de los bloques de viviendas. Una estampa que poco tenía que ver con el Madrid de los Austrias o el añorado barrio de Salamanca al que tanto echaba de menos el arquitecto.

Usera era la estampa de cualquier ciudad española, de cualquier pueblo en sus años de bonanza tras la caída del franquismo. Sin embargo, aquellos detalles no hubiesen llamado la atención de la pareja si no hubiese sido por los rasgos de quienes recorrían las aceras.

Acostumbrados a la masa heterogénea del centro, las calles del barrio gozaban del espíritu de una ciudad del país del sol naciente. Para los dos era una nueva experiencia. Don nunca había estado allí antes, era una de esas partes de la ciudad en las que no se está, si no es realmente necesario. Por su parte, Mariano había estado en distintas ocasiones, pero mucho antes de que el aluvión de inmigrantes se quedara en el barrio. Les resultaba fascinante observar cómo convergían las sidrerías asturianas junto a los centros de masajes asiáticos; las peluquerías orientales con las tiendas de comestibles pero, a medida que el sol se ponía, la calle tomaba un tono más sórdido, las sombras se reproducían y el silencio dominaba los cruces.

—Jamás pensé que esto existiría en Madrid —dijo Don mirando por la ventanilla—. Si no fuera por la arquitectura de las calles, juraría que estoy en otro lugar... Realmente se puede vivir aquí sin conocer la existencia del resto.

—Pues aquí está, señor. Ya lo ve —dijo Mariano al volante—. No existe mejor lugar para pasar desapercibido.

Se introdujeron por una calle estrecha, pasaron por la puerta de un taller de coches que estaba a punto de cerrar y vieron las colas que había al otro lado de la puerta de una famosa cadena de supermercados.

A la altura de la calle Cristo de Lepanto, el navegador emitió un pitido.

Habían llegado a su destino. En efecto, estaban frente a un edificio de ladrillo marrón, de dos alturas. En los bajos, unas rejas protegían las ventanas de lo que parecía un garaje de vehículos.

Divisaron ambas direcciones, pero las calles estaban vacías.

A esas horas, el barrio respiraba la calma de un día laboral.

125

Aparcaron en la puerta del garaje, a pesar de la señal de vado que había en ella y oyeron el ruido de las televisiones que salía desde los balcones. Un gran parque los esperaba al final de la calle. Don dio un vistazo a su alrededor y sintió cómo de lejos quedaba la actividad humana.

—Ha de ser ahí —indicó el chófer—. Quédese aquí y yo iré a comprobar que estoy en lo cierto.

—Espera —intervino Don al ver que la entrada al edificio estaba al otro lado—. Mejor, quédate vigilando... por si sale alguien.

—¿Alguien?

El arquitecto volvió a mirar a las cristaleras del gigante de ladrillo.

—No parece que haya mucha actividad ahí dentro, ¿no crees? De todos modos, seré rápido. Sé lo que hago, Mariano.

—Pero, señor... No sea terco. Sería mejor que fuera usted quien esperara. Pueden ir armados.

—Confía en mí. ¿No es eso lo que siempre dices? —contestó. El exagente rechistó, pero le dio la razón—. Entraré y buscaré algo que nos sea útil.

—Al menos, lleve mi pistola —dijo sacándola del cinto—. Nunca está de más.

Don le mostró la mano para que se detuviera.

—Ya te lo he dicho, confía en mí... Tengo todo lo que necesito, Mariano... —respondió. El exagente lo miró perplejo y guardó el arma—. Lo olvidaba. Si recibimos visita... toca el claxon.

* * *

El portal del edificio estaba cerrado.

En el interfono encontró dos timbres. Uno de ellos hacía

126

referencia a la supuesta asesoría que Mariano le había mencionado, aunque no especificaba el nombre de la empresa. La puerta, hecha de aluminio con dos lunas de cristal, no parecía ser muy resistente.

Miró a ambos lados de la calle y comenzó a sentir un calor que se apoderó de su cuello.

Sin dudarlo, dio un puntapié al cristal inferior. Se escuchó un estruendo seco, los cristales cayeron sobre el suelo, pero nadie pareció alarmarse en la calle.

«Estupendo», pensó.

La sensación tras haber roto el cristal, le produjo un agradable escozor en las piernas y se aseguró de no haberse cortado. Aquello no se parecía en absoluto a los viejos tiempos, pues él nunca había necesitado ser un vándalo para actuar, sino al contrario. Siempre se movía con delicadeza y astucia, pero también pensó que los tiempos cambiaban, que jamás imaginó que cruzaría Oriente Medio por una mujer que lo abandonaría más tarde, por una vida que no volvería a recuperar.

En cuclillas, introdujo el brazo entre los cristales que no habían salido disparados, para alcanzar la manivela de la puerta.

«Bravo», dijo para sus adentros con una sonrisa victoriosa.

Abrió, cruzó el portal y un fuerte olor a humedad y cerrado le dio de bruces.

El edificio carecía de ascensor y una puerta metálica conectaba con lo que supuso que sería el garaje. Fantaseó con la idea de que hubiese alguien más, como Mariano había supuesto, y se imaginó retorciéndole el pescuezo, asfixiando a ese rostro desconocido con sus propias manos. El agradable escozor se transformaba en un cosquilleo que recorría sus extremidades. Una sensación que contagiaba al resto del cuerpo.

«¿En qué te has convertido?», se preguntó.

No controlaba sus pensamientos al caminar. Era como si alguien los disparara.

Tenía la respuesta, pero dudó en contestarse en voz alta cuando las palabras del exagente llegaron como un bálsamo.

«Céntrate. No estás loco».

Allí encontró una puerta con cristal opaco, antigua y descuidada.

Parecía la consulta de un médico, aunque presentaba aspecto de abandono.

Sin detenerse a inspeccionar, continuó por las escaleras hasta el siguiente piso. Esta vez, la puerta era de madera y tenía colgado el letrero de la asesoría. La bombilla del techo se había fundido, por lo que sólo podía ver a través de la claridad que entraba por la ventana del pasillo. Se acercó a la entrada y agarró el pomo redondo sin demasiada robustez. Tenía cerradura, aunque el grosor de la madera no era muy amplio. Calculó el impacto y pensó que iba a ser muy difícil tirar la manivela con su propio peso. Un puntapié no ayudaría. Dio un vistazo al pasillo y encontró un extintor de incendios rojo colgado de la pared.

«Eso servirá», pensó.

Sin más dilación, lo agarró por los dos extremos y un sólo impacto fue suficiente para desmontar el pomo.

Los tornillos y las tuercas cayeron al suelo produciendo un ruido metálico.

Don empujó la madera todavía con el cilindro de aluminio en la mano y vislumbró una oficina vacía, llena de polvo, con dos escritorios, una estantería sin libros y un viejo ordenador desconectado.

Extrañado, se abrió paso empujando unas cajas de cartón llenas de periódicos antiguos y dejó el extintor sobre una de las mesas. Percibió que la única cristalera que había al fondo de la habitación, daba al exterior. Caminó hasta ella y buscó el coche de Mariano, pero no logró verlo. Estaba al otro lado de la calle.

«Aquí no hay nada que buscar», dijo en silencio y se acercó al escritorio donde estaba el viejo ordenador plagado de ácaros.

Abrió el primer cajón y dio con una grapadora, cinta adhesiva y bolígrafos gastados.

El olor a rancio se le pegaba a la piel como una ventosa. Como un ejercicio rutinario, una vez hubo inspeccionado todo el cajón, lo cerró y abrió el segundo compartimento. En su interior encontró dos tarjetas de visita. Una de ellas era de una floristería. La segunda pertenecía a un restaurante italiano que desconocía.

«¿Así que esto es todo?», se preguntó cuando escuchó un ruido procedente de la entrada. Rápido, guardó las tarjetas de visita y se giró echándose a un lado. ¿Qué había sido eso?, se cuestionó. Volvió a sentir los calores. Una presencia humana, tal vez. ¿Era Mariano?, sospechó, pero no había oído ninguna bocina.

Puede que el chófer estuviera comportándose de una manera extraña durante los últimos días, pero él nunca se saltaba las normas. Romper la palabra, no sólo suponía un acto imprudente, sino que ponía a los dos en peligro.

Miró al extintor, todavía presente sobre el escritorio.

Se acercó a él y lo agarró sin hacer ruido. Después aguardó unos segundos.

En la ficción, probablemente, se habría molestado en preguntar si había alguien al otro lado de la puerta, pero las cosas funcionaban de otro modo en la realidad. Para las personas, la barrera entre el miedo y la seguridad era un horizonte psicológico, fácil de franquear. Bastaba con tener la seguridad de que no existía el peligro, para comenzar a dudar de ello. Saber que podía haber alguien al otro lado, no atormentaba a Don. Más bien, él siempre había sido el temor que las otras personas formaban en su cabeza, hasta que la partida había cambiado de tablero, normas y fichas. No obstante, haber pertenecido a ese mundo de sombras, seguridad, certeza y tinieblas, le había ayudado a comprender que, tanto en un lado como en el otro, nadie estaba a salvo de la muerte.

Se acercó a la entrada y no encontró a nadie, ni siquiera el halo de colonia que las personas solían desprender.

En un lugar como aquel, no era difícil apreciarlos.

Avanzó unos metros y abandonó la oficina hasta asegurarse de que el ruido había sido imaginado.

«Maldita sea», pensó.

Era obvio que aquella no era una oficina al uso.

Tal vez hubiera sido abandonada meses atrás. Todo era extraño, imperfecto y con un desorden calculado. Pero tampoco había mucho más que buscar.

Harto de estar allí, caminó hacia la columna donde había encontrado el extintor, con el fin de dejarlo en su sitio y marcharse.

Volvió a escuchar otro ruido, un traqueteo continuo. Esta vez no lo había imaginado. Dos sombras se abalanzaron sobre él por la espalda.

Cuando quiso defenderse en un movimiento rápido, era demasiado tarde.

Primero fue el golpe en la cabeza, lo que provocó la pérdida de equilibrio.

Las fuerzas se disiparon, el extintor cayó al suelo, sonando como una bombona de butano sobre la superficie.

Después una fuerte patada en la rodilla lo tiró al suelo.

De espaldas, poco podía hacer. Eran dos hombres, más altos que él aunque con una corpulencia menor. Con la vista en los zapatos, se protegió la cabeza y giró por el suelo, pero los golpes no cesaron. Una bocina del exterior llamó la atención de los desconocidos y corrieron por las escaleras. Sufrido, se levantó sintiendo la impotencia del dolor que le provocaba la rodilla e intentó seguirlos, pero fueron muy rápidos.

Escuchó el motor de un coche, después un disparo y el ruido al acelerar en el silencio de la noche. Después regresó la calma a la calle, aunque no en el interior de aquel edificio.

No volvió a escuchar el claxon, ni los pasos de Mariano.

Un gran temor de pérdida se apoderó de él.

Si el mal presagio se cumplía, estaría realmente acabado.

21

Calle de Génova (Madrid, España)
 4 de septiembre de 2017

Estaba nerviosa.

No había logrado concentrarse en su trabajo en lo que había restado de jornada laboral. ¿Qué tenía ese hombre que la volvía tan inquieta?, se preguntaba constantemente.

Como tantas veces en el pasado, se sentía en una encrucijada que debía resolver lo antes posible. Aunque ésta no fuese mortal, podía perjudicar su carrera profesional. La proposición de James Woodward había sido de buen recibo, a pesar de la resistencia que, con dignidad, había mostrado antes de aceptar verse.

Pasadas las horas y tras haber fantaseado con el encuentro, guiada por sus principios de responsabilidad, se vio obligada a comunicárselo a sus jefes. Ante todo, desde su ruptura con el arquitecto, había decidido empezar de cero sin mentiras ni secretos, tanto para ella como para los demás... excepto para el abogado.

Terminó la taza de café que tenía junto al escritorio, se levantó de la silla giratoria y caminó hacia el despacho de los arquitectos.

Estaba dispuesta y preparada para tomar una negativa como respuesta, por mucho que fuese contra sus deseos, pero sabía que era la mejor decisión que podía tomar.

Golpeó con los nudillos la madera.

—¿Sí? —preguntó Lucas desde el interior del despacho—. Adelante.

Marlena abrió la puerta y vio al superior sentado a la mesa, rodeado de folios, planos de proyectos y su ordenador portátil de color negro mate.

Se alegró de que fuera él, ya que tenía mejor relación que con su socio, aunque con ambos fuera buena.

Estaba nerviosa, se sentía estúpida al hacer aquello. A esas alturas, no tenía que dar explicaciones por lo que hiciera o dejara de hacer en su vida personal. Pero no era una cita más. Era James Woodward y eso lo complicaba.

Tomó aire, se adentró en el despacho y miró hacia la ventana que daba al exterior de la calle y por la que se veían los balcones del edificio que había en frente. Después estableció contacto visual con su superior, que aguardaba sentado, a la espera de que ella comenzara a hablar.

—Lucas, ¿tienes un minuto? —preguntó.

Él apoyó el codo en la mesa y se echó hacia atrás en la silla. Marlena no solía entrar al despacho, ni tampoco pedir favores. Por su lenguaje corporal, el arquitecto sospechó que quería algo y eso lo incomodó, aunque estaba dispuesto a escuchar primero.

—Sí, claro. Pero sólo uno. No es un buen día, Marlena.

Su respuesta la tambaleó. Podía marcharse, no contarle nada

y arriesgarse a que nunca se supiera. Era una carga demasiado pesada. Con Donoso había perdido la autoestima.

—Es sobre Woodward.

—Ah, sí. La reunión fue un éxito —contestó sonriente—. Hiciste un buen trabajo.

—Verás... —comentó y se adelantó unos metros acercándose a la mesa rectangular—. Ha llamado esta mañana.

El arquitecto entornó los ojos. Pensó que el inglés se habría echado atrás.

—¿Ha ocurrido algo?

—No, no —dijo moviendo las manos para quitarle importancia—. No tienes por qué preocuparte. El proyecto sigue en marcha, todo va igual de bien.

Remarcó el final para que su jefe se tranquilizara. Éste volvió a recostarse en el asiento y relajó los ojos.

—¿Entonces? ¿A qué viene tanto misterio?

—Me ha invitado a cenar.

Él la miró sin reacción alguna en su rostro. Marlena no podía sentirse más incómoda allí dentro, lo que le hizo recordar sus años de adolescencia y a ella misma dándole explicaciones a su madre, cuando las vecinas comentaban sobre los chicos que venían a buscarla.

—¿Y qué me quieres decir con eso? —preguntó él—. Bien, ¿no?

La ingeniera comprendió que había sido un error, aunque ahora ya no se sentía tan responsable como antes de entrar allí. En efecto, para Lucas, la invitación significaba una reunión de negocios, quizá de aprecio, pero nada más que eso.

En un mundo de hombres era lo normal, pero ella sabía que Woodward había interpuesto el trabajo como una excusa para verla de nuevo.

—Sí. Supongo que sí —respondió apurada—. Tan sólo quería que lo supieras, antes de que te enteraras por terceros.

Él sonrió.

Entendió lo que ocurría, aunque prefirió no seguir con la conversación.

Marlena comprendió que no tenía más que decir, que, como había supuesto, pedirle permiso habría sido un error. De pronto, se dio cuenta de lo mucho que Donoso la había condicionado en su forma de ser y actuar. Ese cretino la había manipulado a su antojo, sin que ella se hubiese dado cuenta. Un fuerte sentimiento de impotencia se apoderó de su cuerpo, pero no existían más culpables que ella.

Ricardo Donoso era historia y ya no formaba parte de la suya.

* * *

A las siete y media de la tarde, Marlena cerró la puerta del estudio en el que trabajaba.

No era la última en salir, puesto que Olya siempre se quedaba hasta tarde.

Para la becaria, Marlena era un ejemplo de disciplina a seguir. Para la ingeniera, la joven ucraniana era un ejemplo de valentía y superación por conseguir lo que se proponía. A veces, la miraba desde su escritorio y podía ver en el reflejo de sus ojos todo a lo que había renunciado por estar allí. Renuncia, siempre había algo por lo que dejar el resto, pero no siempre se llegaba al final deseado. Ella lo sabía de primera mano.

En más de una ocasión pensó en decírselo, que todo ese esfuerzo, tal vez, nunca fuera recompensado; que quizá para sus jefes no valiera lo mismo que para otras personas, pero no quería desanimarla. Su experiencia no tenía por qué ser como la que ella había vivido.

Se había perfumado el cuello sin excederse. Llevaba el mismo atuendo que había elegido antes de salir de casa, pero no le disgustaba. Vestida con medias opacas, una falda de tiro alto que le llegaba a las rodillas y una blusa de color salmón, se prometió frente al espejo que dejaría que las cosas fueran despacio por el momento. Se merecía disfrutar con un hombre que la mirara como James Woodward.

Cuando salió a la calle, practicando la puntualidad que caracterizaba a los británicos, James Woodward esperaba vestido con traje azul marino en la puerta del estudio. Sin saber muy bien por qué, le sorprendió que no hubiera un coche esperándole. Quizá, se había acostumbrado a los grandes detalles.

Al verse, él se quedó quieto junto a la farola que había cerca del edificio.

Marlena sonrió y miró al suelo con timidez. Estaba nerviosa, pero no quería mostrarlo.

Se repitió varias veces que disfrutara de la noche, como un mantra que no se terminaba de creer.

—Hola —dijo ella cuando fue a darle un beso en la mejilla y se vio interrumpida con la mano del inglés. El primer sonrojo de la tarde, pensó. Rápidamente le ofreció la suya—. ¿Lleva mucho esperando?

Woodward tenía una mirada felina, penetrante y algo agresiva. La incomodaba, aunque no lo suficiente como para espantarla.

Tardó varios segundos en reaccionar, ya fuera porque estaba embelesado con la belleza de la ingeniera o porque le gustaba crear tensión durante los silencios.

Finalmente sonrió, descargando todo el estrés y haciéndolo

desaparecer.

—¿Llega usted tarde? —preguntó estrechándole la mano—. A estas alturas, ¿podemos tutearnos?

Woodward derribó la primera barrera. Marlena accedió y se preguntó qué sorpresas le tendría preparada.

—¿Y bien?

El inglés miró hacia la calle en busca de un taxi. Después levantó la mano y uno de los coches blancos se acercó a ellos.

—Iremos a uno de mis restaurantes favoritos, ¿qué te parece?

Ella levantó los hombros, aún sonriente. No tenía objeción.

Cuando el taxi llegó, no pudo evitar pensar en Mariano y el Audi A8 negro que solía conducir siempre que ella y Don se citaban.

«Haz el favor, Marlena. Olvídate de ese cretino», pensó.

—¿Te ocurre algo? Pareces preocupada.

Ella pestañeó regresando al momento en el que se encontraba. No quería que James lo percibiera.

—Necesito una copa de vino —dijo con una sonrisa nerviosa—. He tenido un día agotador.

Carismático y relajado como si hiciera aquello a menudo, abrió la puerta del coche y la invitó a pasar a la parte trasera.

—Entonces, pediremos una botella de tu favorito —respondió forzando el acento inglés y esperó a que entrara para seguirla. Después cerró.

Iba a ser una velada agradable. Miró al inglés. Estaba radiante y prefirió tomar decisiones cuando hubieran vaciado la botella. Se lo merecía, estaba harta de sufrir, de renunciar a la felicidad, a la vida. Encantada, miró por la ventana a la espera de ponerse en marcha. De nuevo, Madrid volvía a ser una ciudad maravillosa cargada de momentos mágicos.

—¿A dónde, señores? —preguntó el conductor.

—Restaurante El Paraguas —dijo el inglés con decisión—. Calle de Jorge Juan, *please.*

Creía haberlo olvidado todo, pero el subconsciente nunca borraba los recuerdos.

Sin más, el mundo se detuvo para ella en el interior de ese vehículo. Le faltaba el oxígeno, se hundía en los asientos. Estaba sufriendo un ataque de pánico, aunque ella desconocía que aquello tuviera un nombre. El nombre del restaurante la transportó un año atrás. Sintió vértigo, ganas de salir de allí. Agarró a su acompañante del brazo y éste vio su rostro compungido.

—James...

—¿Qué te ocurre, Marlena? Pareces acalorada...

—¿Podemos ir a otro lugar? —preguntó preocupada. Al bajar la ventanilla, el aire de la calle le ayudó a respirar. Se sentía mejor por segundos, aunque la angustia permanecía.

—¿Otro lugar? He reservado en este —dijo y miró el reloj—. A estas horas, es difícil...

Antes de empezar, iba a arruinar la velada y todo por culpa de ese cretino.

Las imágenes de la primera cena con Don aparecieron en su mente sin previo aviso. La risa de aquel ruso que, poco después, desaparecería para siempre. El accidente de coche, la sirena de la ambulancia y el viaje estrepitoso hacia tierras bálticas. Mentiras, mentiras y más mentiras. La presión aumentó en su pecho. Apretó los puños y luchó contra su mente. En cuestión de segundos, el agujero del suelo se cerró, devolviéndola a la calma. No iba a permitirlo.

—Disculpa, tienes razón —contestó recuperada y fingió una sonrisa—. En el fondo, no sé por qué he dicho eso.

Él la miró con deseo, acarició sus dedos y le soltó la mano.

Un cosquilleo eléctrico le provocó un escalofrío.

Había estado cerca, pero no se volvería a repetir.

22

Hicieron el viaje en silencio.

Por fortuna, la calle de Jorge Juan no se encontraba muy lejos de allí, así que pudo abandonar el vehículo antes de que los demonios del pasado se apoderaran de ella.

Seguía consternada por lo que le había sucedido. Era la primera vez que se sentía desgarrada por algo incomprensible. Unos segundos más y habría desfallecido.

El fresco de la brisa de la noche la ayudó a recuperarse. La calle de Jorge Juan respiraba el ritmo y la calma de una jornada cualquiera que no fuera fin de semana. El alumbrado de los comercios y los restaurantes daban un toque mágico a la calle, aunque ella era incapaz de apreciarlos. Haber estado allí en tantas ocasiones, un barrio que se había convertido en parte de su vida, la devolvía a un mar de sensaciones que no sabía si quería experimentar.

La zona aglutinaba los mejores restaurantes de la ciudad, siempre con alguna que otra cara conocida, ya fuera del cine, el arte o la industria. Hombres y mujeres de negocios disfrutaban de sus veladas saboreando los cócteles de los mejores bármanes.

—Siempre que estoy en Madrid —explicó el inglés al salir del vehículo—, intento que sea diferente. No hay nada mejor como la comida de estos sitios, ¿sí?

Ella se rio sin fuerza.

Woodward era gracioso y sabía cómo hacerla cambiar de ánimo. Pese a su perfecto español, de cuando en cuando, gustaba de usar algún que otro error típico, como las preguntas a modo de respuesta, aquellos *síes* fuera de lugar, propios de las lenguas extranjeras, y la pronunciación de vocales que poco tenían que ver con las del español.

Entraron en el restaurante, un metre los recibió y guió a la pareja hasta la mesa que tenían reservada. Con una profunda respiración, Marlena apartó de su mente la vieja cinta de imágenes y momentos que intentaban abrirse paso en la memoria.

Dio un vistazo a los comensales, la mayoría de ellos felices, a excepción de algunas parejas que fingían seguir unidas aunque sus rostros indicaran lo contrario. El amor moría, como las personas, y volvía a nacer en otras, en circunstancias inesperadas, en los momentos menos oportunos. El amor, como la vida, no se podía predecir ni estudiar, por mucho que la inquietud del ser humano fuera tras ellos. Marlena había tardado en aceptar que su relación con Donoso había ido más allá del amor. Los sentimientos se habían mezclado, haciendo de sus emociones, un viaje en montaña rusa predestinado a descarrilar. Con el tiempo aprendió a apreciar la belleza de lo simple, aquella de la que tanto hablaba el arquitecto y de la que poco uso solía hacer.

Cuando se fijó en una de esas mujeres que se limitaban a beber y mirar al teléfono, mientras el marido cenaba con la vista fijada en el plato, entendió que, después de todo, se había dejado engatusar por los engaños del lujo y el dinero. Por fortuna, había despertado antes de acabar siendo ella la que sostuviera la copa.

—¿Te puedo hacer una pregunta? —cuestionó el inglés cuando se sentaron a la mesa—. ¿Por qué has dicho que cambiáramos el sitio?

Ella miró hacia el pasillo que llevaba a los baños. Acto seguido, la mirada de aquel hombre de origen ruso volvió a clavarse en su sien. Jamás la olvidó, seguía ahí como, probablemente, cada detalle que había experimentado en el último año. Lo que pensó que se curaría con algunos meses de terapia y pastillas para dormir, lo más seguro es que necesitara de años.

Antes de que respondiera, Woodward pidió una botella del tinto que él decidió, olvidándose por completo de lo que le había dicho minutos antes a la ingeniera. El gesto la decepcionó, pero no quiso tomárselo como algo personal. Pensó que, quizá, no fuese tan perfecto.

Agachó la mirada y acarició la punta de la servilleta de tela que había junto al plato.

—Hasta el año pasado —dijo adentrándose en la conversación. Sólo deseó que no hiciera demasiadas preguntas. Era su cita. No quería hablar de él más de lo necesario—, había estado en una relación... turbulenta. Vine una vez aquí... con él. Eso es todo. Sé que es estúpido.

—En absoluto —contestó apretando las comisuras de los labios—. Te entiendo perfectamente... Piénsalo de este modo. Hoy podrás cambiar ese mal recuerdo por uno mejor.

—Visto así... —contestó—. No importa, era un farsante.

El metre mostró la botella de tinto, sirvió un poco para que

Woodward probara y éste miró al cielo como si supiera lo que estaba haciendo. A Marlena le horrorizaba aquello, pero estaba en su derecho. Él iba a pagar la cena. Después volvió a servir en las dos copas.

—Por nosotros —dijo el británico levantando la copa—. Por el nuevo proyecto y por la nueva amistad.

Brindaron y Marlena se fijó en sus dedos.

Parecían castigados, como si trabajara en una carnicería o un matadero de animales y no en una de las oficinas más importantes de la City. Pensó que tal vez tuviera un problema de piel, como le sucedía a muchos hombres. A diferencia de las mujeres, el tabú de cuidarse seguía extendido, y la mayoría prefería hacer caso omiso a las recomendaciones de los dermatólogos.

Después observó el resto de su cuerpo.

Tenía los brazos fuertes, podía verlo tras las mangas de la chaqueta del traje, así que supuso que iría al gimnasio. Era guapo y atractivo, con esa mirada azul cielo que causaba escalofríos. Se imaginó al inglés como un tiburón en sus círculos profesionales y reconoció que eso la excitaba. A diferencia de Donoso, él no era del todo serio. Educado, sí, pero aprovechaba cualquier situación para teñirla con un humor negro que lo hacía irresistible.

Pidieron un plato de jamón ibérico, una tabla con diferentes quesos, ensaladilla de la casa y unas cigalas frescas para acompañar al vino mientras hablaban de sus ciudades de origen. La razón de su destreza con la lengua cervantina era su madre, una malagueña que había estudiado en Londres filología inglesa, para después enamorarse de un agente financiero y casarse con él. La ingeniera se sentía cómoda escuchándolo. Lo relataba todo sin tapujos, con una naturalidad innata, propia de las personas que no buscaba ocultar su pasado. Por otro lado, notaba sus miradas que, con frecuencia, se perdían en los botones de su blusa.

Además de saber entretener con sus anécdotas, era un buen oyente, detalle inapreciable en los hombres de su edad, que no hacían más que mirarse el ombligo y contar lo mucho que habían logrado en vida.

El vino comenzó a hacerle efecto desde la primera copa y eso ayudó a que la resistencia de última hora se viniera abajo.

De pronto, algo vibró en su bolso.

—Creo que es para ti —dijo él señalando a la bandolera que colgaba de la silla. El teléfono continuó sonando—. Vamos, cógelo, no te preocupes.

Sonrojada, se apresuró a comprobar quién era. Miguel, preocupado, la llamaba desde algún lugar de la ciudad. Sin miramientos, pulsó el botón rojo y escribió un mensaje fugaz.

«Estoy ocupada. Cenando fuera», envió.

«¿Dónde?», respondió el abogado al instante.

El inglés esperaba al otro lado de la mesa, como si fuera partícipe de una partida de ajedrez. Se planteó dejarlo ahí, sin respuesta, como había hecho otras veces.

Miguel era tan insistente que parecía no entender las evasivas. Pero un sentimiento de culpa la acechó. Estaba exagerando, pero sentía pena por ese chico.

«Por Jorge Juan. Mañana hablamos», tecleó sin destacar el restaurante y apagó el teléfono.

—Disculpa —dijo guardando el aparato en el bolso y cerrándolo con la cremallera—. Era un...

Él le mostró la mano para que no le diera explicaciones. No estaba molesto, ni tampoco preocupado, y eso la ayudó a sentirse mejor.

—Supongo que soy un hombre afortunado —comentó sonriente mientras usaba el tenedor—. A mí no me has colgado el
teléfono.

Marlena volvió a sonreír. Había olvidado hacerlo.

—Eres un encanto, James.

—Lo tomaré como un elogio —dijo, degustó un triángulo
de queso curado y se aclaró la boca dando un trago de vino—.
Marlena, ese hombre... el que estuvo contigo. ¿Te trató bien?

Ella desvió la mirada hacia un lado de la mesa y se quedó
paralizada.

—¿Por qué lo preguntas?

Él observó su reacción desde la distancia.

—Porque no permitiría que nadie apagara esa hermosa
sonrisa que tienes.

Pero los elogios no sirvieron para devolver a la ingeniera a la
mesa.

—James, ¿me disculpas? —preguntó, agarró el bolso y se
puso en pie.

Había abierto la caja de los truenos emocionales.

Después se dirigió al baño. Conocía la dirección. La velada
estaba siendo un horror.

23

Cuando la ingeniera se levantó, el inglés miró a ambos lados de la mesa y se aseguró de que nadie le estuviera observando.

Comprobó la cantidad de vino que quedaba en la botella, suficiente para compartir entre los dos sin llenar las copas.

Con naturalidad, metió la mano en el interior de la chaqueta azul marino y sacó una pequeña probeta alargada de plástico, del tamaño de una muestra de perfume.

Acercó la copa de Marlena, destapó el tubo y derramó en ella el líquido transparente que había en la probeta. Volvió a comprobar que nadie lo hubiera visto y fingió continuar disfrutando de los diferentes platos que tenía frente a él.

Con suerte, llegarían a los postres cuando el efecto del narcótico se mezclara con la sangre. Para entonces, ella estaría inconsciente y con aspecto de haber bebido más de la cuenta. Una buena propina, una disculpa, un taxi y saldría de allí airoso hasta el apartamento de ella.

Después, la haría hablar hasta que le contara todo lo que sabía de Don y de El Escorpión.

Con Marlena aún ausente, el metre se acercó a la mesa para

comprobar cómo iba la noche.

—¿Todo en orden señor? —preguntó agarrándose las muñecas con una expresión jovial en el rostro—. ¿Están disfrutando de la cena?

—Ya lo creo, gracias... Está siendo una velada estupenda —dijo el inglés satisfecho—. Me temo que será una de esas noches inolvidables.

24

Apoyada en el lavabo de mármol, frente al espejo, esperó varios minutos hasta que el desasosiego que la había invadido se marchara.

Se preguntó qué le estaba pasando, por qué se comportaba así. ¿Estaba traumatizada?, pensó en silencio mientras veía a las mujeres que entraban y salían del baño.

Sacó de nuevo el teléfono y lo encendió.

De pronto, recibió cinco mensajes de Miguel. La pena se convirtió en asco. No entendía cómo algunos hombres podían provocar tales sensaciones. Miguel era un despechado y se arrepintió, por un instante, de haberle dado falsas esperanzas.

Guardó el terminal de nuevo en su bolso y comprobó que el maquillaje no se le hubiera corrido. La mujer que miraba al móvil mientras su marido fijaba la atención en la comida, ahora estaba a su lado compartiendo el espacio que las unía. Sacó un lápiz de labios de un minúsculo monedero y se perfiló la boca con profesionalidad mientras observaba a la ingeniera.

—Tienes mala cara. ¿Es por ese hombre? —preguntó interesada en el estado de la ingeniera.

Marlena dudó en responder, pero se sintió arropada por ella. Quizá, ambas conocían lo que era la incomodidad.

—No. Es por otro.

—Ajá. Entonces, olvídalo. Bebe algo fuerte, déjale que hable. No es tan difícil —dijo y terminó de perfilarse el labio superior—. Si no lo haces, terminará notándolo, por mucho que finjas, y te quedarás sola. No hay nada más doloroso para un hombre que saber que estás pensando en otro.

—Tienes razón.

—Hazme caso, sé de lo que hablo —dijo y, de repente, cambió radicalmente su expresión facial hacia una más relajada y tranquila—. Suerte.

Confundida, Marlena vio cómo la desconocida abandonaba el baño sin mirar atrás.

Reflexionó acerca de sus palabras.

No le faltaba razón y se prometió que no volvería a permitir que el arquitecto interviniera en sus emociones.

* * *

Abandonó el servicio de señoras con la actitud adecuada para devolverle a Woodward el interés que había mostrado en ella.

No iba a desaprovechar la oportunidad. Puede que no fuera el hombre de su vida, si es que éste existía, pero se había cansado de esperar a que las cosas sucedieran, ya que nunca lo hacían. Se había hartado de buscar la perfección en los hombres con los que se relacionaba, porque nunca terminaba satisfecha.

Con paso firme y sensual, vislumbró su espalda descansando en la silla y caminó hacia él.

Al acercarse, le acarició los hombros del traje y la espalda, y percibió lo agradable que era el tejido de la chaqueta. Después regresó a su asiento cargada de esperanza.

—Disculpa, de nuevo. Había cola... —dijo con una risa traviesa—. Cosas de mujeres. ¿Te has aburrido mucho?

—Oh, no... —contestó él mostrándose comprensivo—. Es siempre interesante observar a la gente y ver cómo se comporta, sobre todo a las parejas. En cuestión de segundos, puedes saber en qué fase de su vida están. Es increíble. A veces, temo que un día nos aburriremos todos de todo.

Marlena miró hacia su derecha y entabló contacto visual con la mujer del teléfono. Su marido seguía ocupado en sus pensamientos. La mujer le sonrió asintiendo con la cabeza y Marlena hizo lo mismo.

Puede que ella fuera quien salvó su noche.

—¿Has tenido alguna vez pareja, James? —dijo ella acariciando la copa.

El inglés la observó y esperó a que bebiera, pero no iba a obligarla a hacerlo. Tarde o temprano, tendría que refrescarse los labios—. Una relación seria, quiero decir.

Él puso cara de travieso y mostró los dientes como si hubiera roto un plato. Después chasqueó la lengua.

—Digamos que nunca he sido muy bueno con las relaciones a largo plazo —explicó rondando con la mirada—. Tal vez sea mi educación. Mi familia siempre ha sido muy fría. Pero también puede ser el trabajo. Ninguna mujer viviría con alguien que pasa su vida viajando. Tiene sentido, ¿no?

Marlena frunció el ceño.

—Sí. Lo tiene.

—¿He vuelto a decir algo impropio?

—¡No! Para nada —contestó ella con rapidez—. Sólo reflexionaba acerca de lo que has dicho. ¿Cuánta gente es capaz de mantener una relación durante años, cuando sólo han compartido juntos una fracción muy pequeña de estos?

—Se llama vida moderna, Marlena.

—¿Y estás a favor de ella?

—No del todo. Pero quiero pensar que es la manera de permitir un estilo de vida como el que tengo. Los riesgos siempre han existido... No podemos pasarnos los días huyendo de los problemas. Tarde o temprano, topamos con un callejón sin salida... y tenemos que decidir.

—Interesante eso que dices.

—Toda mi vida he crecido creyendo que no somos tan diferentes a nuestros antepasados...

—¿A qué te refieres?

—A que estamos aquí para sobrevivir.

Marlena frunció el ceño.

—Empiezas a hablar como alguien que conocía.

—Y me estoy poniendo demasiado filosófico, así que... —dijo y, antes de terminar, sirvió el resto de vino que quedaba en las copas—, brindemos. ¿No te parece?

Ella volvió a responderle con una mueca.

Agarró su copa y la levantó.

—Por nosotros —dijo la ingeniera devorando su mirada.

Cuando se acercó la copa a los labios y el líquido estaba a punto de rozar los bordes de su piel, se oyó un forcejeo en la entrada. Alguien irrumpía en el restaurante como un tornado. Marlena miró hacia el interior y posó la copa en el mantel. El inglés se mordió la lengua.

Miguel apareció desquiciado en el restaurante, en busca de la ingeniera. Pese a la intervención de los empleados, que trataron de calmarlo para que no creara más alboroto, el abogado se escurrió entre las mesas hasta llegar a la pareja. Estaba celoso. Sus premoniciones se habían cumplido. Marlena estaba con otro hombre y esa era la realidad más dura de aceptar. Tenía los ojos vacíos y la expresión descompuesta. Había estado llorando y las lágrimas aún humedecían su piel. Marlena, sobrecogida, no supo qué decir.

Su acompañante, expectante, se quedó quieto en la mesa.

—¡Déjame, coño! —bramó al metre que los había atendido—. ¿Así que era esto? ¿Eh? ¿Con él?

—Miguel... —dijo ella, pero el letrado no entraba en razón.

—Eres una mala persona, Marlena. Te lo he dado todo y me tratas como a un muñeco de trapo. ¡Bruja!

—¡Miguel! —exclamó ella.

—Tenía que verlo con mis propios ojos, tenía que asegurarme de lo que ya pensaba de ti, que te irías con el primer mierda que pasara por la oficina y te invitara a cenar...

—No te consiento que hables así —dijo ella. Woodward estaba molesto, aunque se limitó a guardar silencio. Mientras que Marlena pensaba que era a causa de su presencia, él no podía entender que ese cretino le hubiese arruinado el plan—. No tengo por qué darte explicaciones de con quién voy o dejo de ir. Nunca hemos tenido nada, ¿te enteras?

Los comensales asistían al drama de la mesa.

Los empleados sólo esperaban que la tragicomedia llegara a su fin. Todos sabían cómo terminaría y quién acabaría mal parado en esa historia.

—Te mereces lo peor, te mereces que te ocurra de nuevo —dijo el abogado.

El desamor lo desgarraba por dentro y provocaba un fuerte desazón en ella. Marlena le propinó una bofetada que dejó boquiabierta a más de una persona. Pasmado, se calló, aún cargado de ira, y apretó los puños—. ¡No vuelvas a llamarme en tu vida, zorra!

—¡No tienes derecho!

De repente, cuando los empleados del restaurante agarraban al abogado para sacarlo de allí, James Woodward dio un golpe en la mesa para que el silencio se formara de una vez por todas y señaló a la ingeniera con total acusación.

—¡¿Por qué sigues hablando con ese perdedor?! ¡Joder! —exclamó en un inesperado arranque de agresividad y bravura. La ingeniera se quedó sin palabras y los comensales regresaron a sus mesas con un murmullo imposible de acallar. Abrumada, Marlena no estaba dispuesta a que ese desconocido le gritara. Se sentía mal por Miguel, se sentía mal por haber cometido el error de ir hasta allí. Cuando el inglés se dio cuenta de lo que había provocado, se acercó a ella con una actitud diferente—. Marlena, disculpa, he perdido el control. No tendría que haberte levantado la voz.

Ella lo miró fijamente y supo que nunca más podría confiar en él. Conocía esos ojos, conocía esa frase y sabía lo que traía con ella.

—Está bien, no te preocupes —dijo con voz fría y tensa. Después agarró el bolso y se puso en pie—. Eh... James, me temo que la noche no ha ido como ninguno de los dos había imaginado... Lo siento, tengo que marcharme. Gracias por la cena y buenas noches.

Y antes de que él respondiera, Marlena Lafuente abandonó el restaurante para subirse en un taxi de vuelta a casa.

25

Unos centímetros de distancia le salvaron la vida.

La bala había quedado incrustada en la pared, aunque la trayectoria le había rozado el brazo, provocándole una fuerte quemadura.

Don abandonó el edificio asustado, pensando que no volvería a ver al chófer con vida. Por fortuna, seguía allí, vivo y en una sola pieza. Mariano parecía confundido y decepcionado. Se le habían escapado.

En el momento que vio al arquitecto, se echó la mano a la boca, como muestra de preocupación. Entonces Don percibió un frío en la frente, sumado al escozor que había ignorado debido a la humedad del edificio. La sangre le caía desde la frente hasta la ceja.

Regresaron al apartamento en una noche cerrada en la que la ciudad no llegaba a descansar. Madrid era así, cuando unos dormían, otros salían a la calle y, mientras tanto, había quien nunca se acostaba.

De regreso en el apartamento, Mariano desinfectó la herida con agua oxigenada y gasas, para después cosérsela y evitar que sangrara más.

—Lo siento, si le duele —dijo preparando el hilo—. Suerte que no le ha tocado el ojo.

Por alguna razón que desconocía, Don no sentía nada. Tenía la rodilla hinchada y le costaba caminar con normalidad, pero el dolor era anecdótico en comparación a la paliza que le habían asestado.

—Estabas en lo cierto, Mariano. Siento haber desconfiado de ti.

—No se preocupe. Por suerte, ambos podemos contarlo —dijo y procedió a coserle el corte—. Disculpe... Mañana estará mejor.

Don sintió una punzada.

—Está bien... —contestó apretando los dientes—. Me sorprendieron por la espalda. Creo que nos estaban esperando.

—Puede que esperaran a alguien más.

—¿Llegaste a verlos?

Mariano esperó unos segundos mientras continuaba concentrado.

—Hablaban francés entre ellos —dijo frunciendo el ceño y terminó su tarea—. Con eso bastará para que cicatrice. Me alegra que no le haya dolido.

Don se acercó la mano pero decidió no tocar la herida.

—¿Francés?

—Así que deduzco que no eran hombres de Vélez.

—¿Cómo? —preguntó y se puso en pie encarándolo—. Ahora sí que te pido que me mantengas al tanto de la situación.

El chófer le pidió que le acompañara a la cocina. Una vez allí, agarró dos vasos limpios y sirvió el *whiskey*.

—Le vendrá bien para la herida —respondió y se apoyó en el alféizar. Cayó en la cuenta de que se había quedado sin cigarrillos, aunque no le importó. Era tarde para ir a buscar más—. Franceses. No pueden ser hombres de Vélez porque no habla otro idioma que no sea el español. ¿Entiende?

—Eso lo he entendido a la primera —dijo, dio un trago y notó el alcohol ardiendo en la garganta—. ¿Qué hacen dos franceses en esto?

—Pueden ser sicarios, agentes del DGSE, la inteligencia francesa... Quién sabe... —explicó rascándose la barbilla—. Me decanto más por la segunda opción. Tendría más sentido. Si no, ¿qué les relaciona con Joaquín Sans? Lo único que se me ocurre ahora mismo, es que Sans fuera un agente doble, que trabajara para ambos lados.

—¿No colaboran las agencias europeas entre ellas?

Mariano se rio.

—Le recuerdo que Vélez no existe para el CNI... oficialmente.

—Entiendo.

—Esos dos hombres no sabían quién era usted y, por ende, tampoco quién era yo —contestó y dio varios pasos en círculos—. De lo contrario, nos habrían matado o lo habrían intentado, en lugar de apartarnos. Esperaban a alguien y nosotros llegamos antes.

Don miró el vaso, dio otro sorbo y se apoyó en las rodillas. Después levantó la mirada.

—¿Y tú quién eres, Mariano? —preguntó desafiante—. ¿Me vas a contar de una maldita vez por qué te llaman El Escorpión?

El exagente se quedó perplejo. Sabía que algún día llegaría ese momento, aunque no esperó que fuera tan pronto. En efecto, había subestimado de nuevo la astucia del arquitecto, que se mostraba harto de esperar.

Agarró una silla, le dio la vuelta y se sentó en ella rodeando el respaldo con las manos.

Miró intensamente a su acompañante, intentando leer lo que estaba pensando en ese momento, pero Don se mantenía firme, voraz, a la espera de una explicación, y no parecía dispuesto a engullir otra mentira. Finalmente, el chófer se terminó la bebida de un largo trago y dejó el vaso sobre la mesa.

—Está bien, señor. Creo que le debo una explicación.

* * *

No supo por dónde comenzar, aunque eso no importaba del todo.

Don conocía partes de la historia, retales desordenados que necesitaba encajar en un rompecabezas enorme para que el relato tuviera sentido.

Lo primero que hizo fue reconocer que su sobrenombre era El Escorpión.

Todos tenían uno: Vélez, Montoya y otros agentes que habían caído por el camino. Sin embargo, ellos nunca llegaron a usarlos por miedo a las represalias del propio CNI. Hasta la fecha, Mariano le había contado la historia a medias.

—Yo era el jefe de Vélez. Su superior —explicó con desgana y malestar mientras recordaba los viejos tiempos—. Con la caída del antiguo Gobierno y la purga de personal en la inteligencia española, no tuve más remedio que asegurarme un futuro para mí y para los míos. Fue un completo error, debí haberlo dejado.

—¿Qué sucedió? —preguntó el arquitecto interesado.

Mariano resopló.

—No se decidían qué hacer con nosotros. Vélez y Montoya sabían lo suficiente como para estar perseguidos durante años.

Yo sabía demasiado como para terminar con dos balas en la nuca y abandonado en una cuneta... —prosiguió y se sirvió un poco más de escocés—. Sin embargo, la nueva dirección no estaba al tanto del PRET, el programa de instrucción del que le hablé, del que su padre estuvo a punto de formar parte y del que usted terminó siendo partícipe, sin haberlo buscado.

—Así que el programa continuó.

—No, en absoluto... —respondió sopesando lo que iba a decir—. Vélez me avisó de que iban a por mí y me advirtió que debía quemar todos los documentos comprometidos que guardara conmigo.

—¿Qué clase de documentos?

Mariano se rio como un viejo nostálgico.

—Escuchas telefónicas a toda la clase política desde la Transición hasta el cambio de Gobierno, informes de la compra y venta de armas en Oriente Medio, nombres y pasaportes de los espías españoles que funcionaban como agentes dobles en el extranjero, documentación sobre los infiltrados en ETA, informes sobre los cargamentos de cocaína que entraban por Galicia desde Colombia; los nombres y apellidos de los agentes franceses, belgas e ingleses que apoyaban a las facciones de izquierda para atentar contra el Rey e instaurar una república; documentos de quién daba las órdenes desde el Ministerio para que rodaran cabezas... y así, una biblioteca entera de la que puede hacerse una idea.

Don escuchaba absorto.

—Información que podría tumbar a un Gobierno. Sobre todo, antes de entrar en la Unión Europea.

—La mayoría de los proyectos siguen todavía en marcha, aunque hace años que les perdí el seguimiento.

—¿Cómo es que le dejaron marchar?

—No lo hicieron —sentenció—. Desconocían lo que guardaba, hasta que Vélez me vendió a cambio de inmunidad. Por lo que no me quedó opción que...

—Desaparecer.

—Así es. En el fondo, usted y yo no somos tan distintos... ¿Nunca se ha preguntado por qué hablo tantos idiomas? ¿Por qué siempre sé a dónde ir cuando nos encontramos en el extranjero? Era consciente de que, tarde o temprano, se daría cuenta de ello.

Había estado tan ocupado en su vida, que había pasado por alto aquellos detalles.

—No obstante, hay algo que no entiendo. ¿Y su familia? ¿Por qué no la llevaste contigo?

Él agachó la mirada.

—No lo vi venir. Confiaba en él, en Vélez, hasta que me vendió... Ni siquiera pude darles un entierro decente... Cuando me enteré del accidente, supe que no era un aviso, sino un error de cálculo. Iban a por mí, Vélez y Montoya se habían vendido y entonces era yo el que sobraba... Lo perdí todo, me lo quitaron... Pasé diez años entre Rusia, Finlandia, Alemania, Italia y Francia. Ellos creían que seguía aquí, pero no era cierto. Allá donde iba, de extranjis, siempre conocía a alguien que me pudiera echar una mano, siempre encontraba una guarida en la que esconderme hasta que daban con mi rastro. Desde los inicios de mi carrera, tuve claro que, en esta profesión, la confianza se paga con dinero y lealtad.

—Esa es la razón por la que quieres terminar con Vélez.

—No del todo —dijo tomando aire—. La venganza, por sí sola, deja un vacío tremendo. Sólo quiero acabar con esto tanto como él quiere terminar conmigo. Ambos llevábamos años jugando al escondite y comenzaba a ser desesperante... Quiero restablecer el orden. Si Vélez sigue activo es porque nadie más sabe cómo dar conmigo. Éramos uña y carne, y todavía no lo ha conseguido.

—¿Y qué hay de mí? La obsesión de ese hombre por cazarme.

—Tiene que ver con el PRET, señor... —explicó a regañadientes—. Creo que le he contado suficiente por hoy.

—¡No! —exclamó y dio un puñetazo en la mesa. El vaso de cristal se levantó, pero no llegó a volcarse—. Termina la maldita historia, por favor...

Mariano vació los pulmones de nuevo. Le estaba costando un horror reconocer la verdad.

—El PRET sólo tuvo un sujeto experimental y era usted. De hecho, lo sigue siendo mientras yo exista —dijo esperando una reacción furiosa del arquitecto, pero Don se limitaba a escuchar—. Vélez ha reproducido el modelo, bajo financiación oculta, contratando a matones para acabar con usted y, también, conmigo. Teme que le utilice para mis fines personales, pero ambos sabemos que está equivocado. Cree que voy a vender todo lo que sé a otros países. Es consciente de que, una vez se hubo enterado usted de que estaba siendo observado, yo estaría detrás. Sin embargo, los matones que contrata Vélez, así como esos polacos con los que se enfrentó o el joven de Copenhague, poco tienen que ver con usted, señor...

Con cada palabra, cada suspiro, sentía que se acercaba a la verdad.

Don se puso en pie, lo miró por encima y se rascó la barba. Temía pronunciar la frase que guardaba en la cabeza.

—¿Qué me hace a mí tan especial, Mariano?

—Piénselo. Usted mismo lo sabe.

—No me vengas con bobadas... —respondió. Las venas de los brazos se le hinchaban. Empezaba a sentir el calor que emanaba de su estómago y le llegaba al cuello—. Ve al grano.

—La voz que le habla, el talento para tener el control de su alrededor, la manera en la que se mueve...

—¡Mariano!

—Usted siempre ha sido Ricardo Donoso, pero no siempre ha pensado como una única persona... Carece de empatía, de temores... Es capaz de desconectar de su entorno para concentrarse en otros detalles... Escucha voces, pierde el control, se disocia de su propia imagen...

Don apretó los puños y las mandíbulas. Todo lo que escuchaba era cierto, aunque nunca había sido consciente de ello. En la mayoría de ocasiones, pasado el tiempo, no lograba recordar lo sucedido.

—No es verdad... Yo no estoy loco... Y, si lo estuviera... ¿Acaso no hay más personas con el mismo problema?

—Tiene un talento especial para resolver situaciones. Una mente privilegiada a la par que criminal.

—¡Sandeces!

—Ricardo Donoso es el joven de familia humilde que creció en un entorno conflictivo. Don es quien le ayudó a matar a su padre.

—¡No! ¡Eso no es cierto! —gritó—. ¡Lo recuerdo como si fuera ayer!

Mariano se mantenía impasible ante la rabia del hombre que tenía delante.

—¿También recuerda cuando intentó asfixiar a su madre con una bolsa de plástico?

Don se quedó mudo. Seguía respirando con esfuerzo.

—Eso nunca ocurrió. Estás mintiendo.

—Su madre no sufrió depresión por la pérdida de su marido —aclaró—. Lamento decirle que fue usted la causa.

161

—No sigas...

—Quería la verdad, pues debe escucharla toda... Intentó matarla, después de haber acabado con su padre. Ella era consciente de todo lo que sufría y sabía que usted necesitaba ayuda, pero no tenía a quién recurrir... Así que lo encerró en su habitación y esperó a que llegáramos... Habíamos estado allí antes, cuando le preguntamos a su padre si quería colaborar con nosotros. Él se negó pero, por fortuna, guardó la tarjeta en algún lugar que su madre recuperó a tiempo. Evidentemente, usted no recuerda nada porque estaba bajo el control de... esa voz... Pero yo sí.

Avergonzado, intentó digerir lo que oía del mejor modo posible, aunque tardaría en asimilarlo.

—¿Qué pasó?

—Estaba destrozándolo todo, hablaba con varias personas a la vez y reconoció en voz alta haber asesinado a su padre con una radial... Porque fue con una radial de obra, ¿me equivoco?

—No es cierto, tendría que recordarlo...

—Lo recuerda, lo ha recordado muchas veces delante de mí, contándome cada detalle, en qué pensaba y por qué quería hacerlo, pero no estaba hablando con usted cuando eso ocurrió... o tal vez sí... En ese momento, su madre nos lo puso fácil —dijo el chófer—. O dejaba que le ayudáramos, y así podría llevar una vida normal, o terminaba en un psiquiátrico de por vida. No tenía muchas opciones.

—No...

—Deje de lamentarse. Pensar en lo sucedido sólo le atormentará más... Créame, sé de lo que hablo.

Don se echó las manos a la cabeza.

Comenzó a derrumbarse lentamente. Las fuerzas le flaqueaban y se sentía mareado. Agarró la silla y se sentó de nuevo en ella. El calor lo asfixiaba. Necesitaba aire, pero las ventanas estaban abiertas. La noche se volvía más y más oscura en sus ojos, así como el color de la habitación. Mariano se acercó a él y lo agarró del hombro para que no se desmayara.

—¿Qué me pasa, Mariano? ¿Qué es lo que soy?

—Usted tiene un desorden de personalidad múltiple, señor.

Las palabras le golpearon como puños de acero.

—¿Estoy en peligro, Mariano?

—No... Siempre y cuando sea usted quien controle esas voces, tal y como ha hecho todo este tiempo, y no al revés... Pero no se preocupe, le prometí a su madre que me encargaría de usted y soy un hombre de palabra. Ya lo sabe... Resista, pronto terminará todo.

Don dio media vuelta y se acercó al pasillo.

—Cumplir con la palabra es importante —dijo de espaldas—, pero la palabra no siempre lo es todo.

Después desapareció.

Mariano se quedó pensativo. No había sido capaz de hacerlo.

Y es que, cuando se había referido a todo, también le incluía a él.

26

Espías franceses, corrupción estatal, programas secretos que funcionaban para el Estado... Las piezas encajaban en su rompecabezas, aunque la historia era propia de un filme americano.

Abandonó la casa en busca de un poco de oxígeno y tiempo para asimilar toda la información que Mariano le había dado. El exagente no se molestó en detenerlo. Honestamente, poco podía hacer por él, una vez había conocido la verdad.

Hasta el momento, no se había tratado a sí mismo como un enfermo mental. Se negaba a ello. Su cabeza no funcionaba correctamente desde el último año. No era nada nuevo, nada que no supiera ya, pero no estaba dispuesto a aceptar delante de ese hombre que tenía un trastorno severo. En efecto, Don llevaba años luchando con un ente que habitaba en él, a veces consciente de ello, en otras ocasiones no. Se había reconocido a sí mismo cuando Mariano mencionó las pérdidas de memoria, los movimientos automatizados, esa parte del juego que tan bien había desarrollado, como si se tratara de una coreografía, pero que nunca había llegado a analizar.

Su capacidad de aprendizaje le engañó lo suficiente como para creer que era él quien articulaba sus movimientos. Por entonces, pensar lo contrario, sí que le habría parecido un disparate. Pero, poco a poco, a medida que daba pasos por la calle de Almagro, rodeado del fresco de la noche, de los lugares de encuentro cerrados que ocupaban los soportales, entendió que, todo lo conseguido, no lo había logrado por su cuenta. Esa ayuda externa, invisible, era la que, con cada paso hacia delante, iba consumiendo parte de su ser hasta absorberlo por completo.

«Esto no me puede estar pasando a mí», se dijo.

Sin rumbo aparente, el paseo lo arrastró durante quince minutos por el barrio hasta llegar a la calle de Ponzano, uno de los puntos de moda para la gente más joven, lleno de bares de copas y casas de comidas.

Pasó por una gasolinera y se detuvo frente al cristal de un bar que hacía esquina. No tenía nada de especial. Era un bar como los muchos que había en Madrid, castizos, con barra de aluminio, latas de conservas, azulejos y varios grifos de cerveza.

El interior estaba hasta los topes de gente joven treintañera que disfrutaba de las últimas horas de la noche. Los ojos le llevaron hasta el cuchillo que agarraba uno de los camareros que había tras la barra. La hoja afilada cortaba el lomo ibérico en finas rodajas.

Se acordó de lo mucho que le gustaba ir de caza y pensó en cómo lo había dejado atrás.

Sintió de nuevo la necesidad de esnifar un poco de cocaína y estaba seguro que alguno de ellos le ayudaría a conseguirla no muy lejos de allí. Los pensamientos se encadenaron como una traca de petardos chinos. No era consciente de ello.

Uno conectaba con otro provocando una explosión en cadena. Movió los pies treinta grados y su mirada se centró en otro grupo.

De repente, allí estaba él, apoyado en la barra, abriéndose espacio entre una pareja y con el rostro hundido. Su edad era superior a la del resto de clientes y hacía que su presencia no encajara del todo. Se preguntó si había sido una casualidad, un cruce de caminos, pero ya no podía creerse nada, ni siquiera lo que procedía de su cabeza, y temió que hubiese sido su otro yo, ese del que hablaba Mariano, quien le hubiera llevado hasta él. No podía confiar en él, ni en Mariano, pero aún le quedaban esperanzas de poder hacerlo en Marlena.

Ella era la única que podía calmar esa voz.

Miguel Loredo, el hombre que la había acompañado en esa cafetería, ahora se hundía en la soledad, apoyado en una esquina del bar, con las facciones caídas y una botella de cerveza en la mano. Tenía aspecto juvenil, a pesar de haber pasado la treinta unos cuantos años atrás. El jersey estirado, la camisa por fuera del pantalón y el pelo ondulado y despeinado... Parecía haber salido de una pesadilla.

Sin pensarlo, tiró de la puerta de cristal y entró en el bar.

Dio por hecho de que ese hombre no sabía quién era él, al menos, no sería capaz de reconocerlo físicamente.

Se puso a su lado y se aseguró de ello. Pidió una cerveza e invitó al pobre desgraciado. Sobre la barra, encontró un plato con restos de ensaladilla rusa y otro con escabeche. Agarró un cuchillo manchado de mayonesa, lo limpió con una servilleta de papel y se lo echó al bolsillo de la chaqueta.

«Primero le sacaré todo lo que sepa, después acabaré con él», se repitió como un mantra sin preámbulos a la reflexión.

—Gracias —dijo el abogado y se acercó a la barra de nuevo—.

¿Te conozco de algo?

—No —contestó brusco—. Pero tienes mala pinta.

Miguel Laredo lo miró altivo. Estaba un poco ebrio. El aliento lo delataba.

—Vete a tomar por el culo, ¿vale, tronco? —dijo sin soltar la cerveza—. Si quieres invitar, invitas, pero no me toques las pelotas, no es un buen día...

Conforme terminaba la frase, se volvía a hundir en un mar revuelto de pena.

Don echó un vistazo al bar.

Cada uno iba a lo suyo y nadie estaba pendiente de ellos dos, ni siquiera el camarero, que parecía demasiado ocupado cortando una barra de chorizo al otro lado del bar.

A medida que pasaban los segundos, Don comenzó a ponerse nervioso.

Primero fueron las manos, después los latidos en la frente. El ruido de los dientes al chocar, el sabor metálico de la saliva. Las palmas le sudaban, el escozor se apoderaba de su cuello y la tensión regresaba a la boca del estómago. El bullicio empezaba a sofocarle más de lo habitual. Tenía que salir de allí, pero quería hacerlo con él.

No podría aguantar mucho.

—¿Fumas?

Loredo lo miró con desprecio.

Se dio cuenta de que había sido un error aceptar la invitación.

—¿Estás ligando conmigo? —preguntó hostil—. Te equivocas de persona.

—Quiero hablar contigo.

—Pues yo contigo no, ¿me oyes? No te conozco de nada, déjame en paz.

Don lo agarró de la muñeca y comenzó a apretar.

167

—¿Qué haces tío? Me estás haciendo daño... —dijo apurado sin elevar la voz.

—Quiero hablar contigo, fuera. Vamos.

—¡Que no, cojones! —bramó y una pareja se dio la vuelta.

Había conseguido llamar la atención. Ahora, el chico lo miraba preocupado. Se preguntó si le habría reconocido. El camarero que cortaba el embutido se acercó con el cuchillo en la mano—. ¡Yo me piro, estás loco!

Todos miraron a Don y un fuerte recuerdo de la infancia le acechó.

Habían pasado más de treinta años desde aquello pero, en ese momento, revivió en su cabeza como un hecho reciente.

Una tarde de colegio, cuando su padre fue a recogerlo completamente borracho, todos los niños se rieron de él. La ansiedad, las ganas de destrozar aquel lugar se apoderaron de su cuerpo. Una chica apartó la vista cuando establecieron contacto visual. Ahora su mirada era la de un lobo hambriento.

Miguel Loredo empujó a un grupo de jóvenes y salió disparado por el otro lado de la puerta. Don dejó un billete de diez euros y corrió tras él. El abogado había cruzado la avenida y su sombra se perdía a lo lejos, pero no iba a dejar que huyera.

Sorteó los coches que venían en sendas direcciones y cruzó arriesgándose a ser atropellado. Después aceleró, aumentó las zancadas, sin calcular las pisadas y con el riesgo a un tropiezo fatídico, pero tuvo la suerte de que no pasara nada. Cada pocos metros, asustado, Loredo miraba hacia atrás. El arquitecto le recortaba distancia, casi lo tenía, hasta que llegaron al final de una calle solitaria en la que no había nadie.

Los árboles quietos, los aparcamientos ocupados y el último bar ya había cerrado.

Ahogado, se detuvo sin aliento observando sus últimos

movimientos. Don ya estaba allí. Redujo el paso y se acercó caminando.

—¡Déjame! —gritó—. ¡Ayuda!

—¡No grites, joder! Sólo quiero hablar contigo.

—¡Un cuerno, cabrón! —exclamó y sintió un fuerte dolor de estómago. Vomitó gran cantidad de líquido y parte de comida sin digerir junto a un árbol. Estaba mareado y Don pensó que no iría muy lejos—. Déjame, tío... ¡Ayuda!

Entonces se abalanzó sobre él, lo agarró por detrás y le tapó la boca para que dejara de gritar. Olía a alcohol y vómito, era asqueroso.

—No te voy a hacer nada, quiero hablarte de ella.

Sintió cómo sus músculos se relajaron un poco. El abogado se zarandeó y Don lo liberó.

Después se quedó un rato mirándolo de cerca.

—Eres tú... —dijo asustado—. Eres tú... el arquitecto. ¡Estabas muerto!

—¿Dónde está Marlena?

—Pierdes el tiempo, tío... —respondió respirando con molestias mientras se limpiaba la cara—. Así que eres tú...

Don se acercó y lo agarró del cuello apretándole la garganta. Después lo arrastró hasta la puerta de un coche. Los ojos desorbitados de Loredo estaban a punto de explotar.

—Escucha, imbécil. No he venido a lastimarte. Dime dónde está, quiero hablar con ella. De lo contrario, sí que me vas a hacer perder el tiempo de verdad, pero te aseguro que será lo último que hagas.

—El inglés... —susurró casi sin voz. Unas sombras se acercaban en la distancia. Eran casi imperceptibles. Lo soltó. El chico se echó las manos a la garganta—. Maldito cabrón...

—¿Qué inglés? ¿Qué tienes con Marlena?

—Te lo estoy diciendo. Pierdes el tiempo, como yo... —explicó enojado con despecho—. Es una manipuladora, ha estado jugando conmigo mientras curaba las heridas que le dejaste... Hasta que ha encontrado a otro.

—¿A otro? Pensé que estabais juntos.

—¿Tú de dónde diablos has salido?

—Háblame del inglés. Cómo se llama, quién es. Vamos, no tengo todo el día.

Loredo parecía agotado. Había tenido un principio de noche horrible y ahora no estaba mejorando.

—Es un tal James. Trabajan juntos en un proyecto —dijo y el arquitecto entendió que no mentía. Estaba dolido, tenía el corazón roto y la pesadumbre contaminaba sus palabras. En el fondo, quería lo peor para Marlena, ahora que había sido traicionado—. Han ido a cenar juntos esta noche. ¡Juntos! ¡Sin conocerlo de nada! Y yo... En fin, qué importa ya todo, ¿no?

—¿Dónde vive?

—No te lo puedo decir.

Don chasqueó la lengua.

—Ya lo creo que sí. ¿Qué quieres a cambio?

Loredo se rio.

La soberbia con la que ahora lo miraba, como si fuera él la siguiente víctima de la ingeniera, le provocó un ardor de estómago. Pensó en matarlo, en estrangularlo contra el coche, en medio de la noche, como en los viejos tiempos. Demasiado tiempo inactivo. Ese desgraciado no merecía menos. Era un perdedor.

—No puedes conseguir lo que quiero —dijo riéndose delante de él—. Ni tú tampoco. Ella se lo ha llevado todo.

—Dime dónde vive.

—¿Estás sordo? Ya te he dicho que no. No te voy a hacer eso.

Volvió a reírse.

Don no pudo aguantar más.

Sacó el cuchillo del bolsillo y lo empuñó.

Tenía la mirada de un toro bravo.

—Te lo volveré a repetir.

—¿Qué pretendes? ¿Intentas asustarme con eso? —preguntó señalando al cuchillo del bar—. ¿Quién te crees que eres? ¿Sabes? Ella nunca me habló de ti. No eres nadie, no significas nada. Deja de perder el tiempo. Estás muerto para ella.

Movió los dedos, se produjo un chispazo en su cabeza.

Relajó la mano y tiró el cuchillo al suelo.

El abogado asintió. La fiesta se había terminado.

—Tienes razón. No soy nadie —dijo, cerró el puño y le propinó un golpe en la cara que lo dejó inconsciente. Después le apretó el cuello con una mano, mientras le tapaba la boca con la otra. Nadie podía verlos al estar entre un muro y el vehículo. Sus sombras oscuras, mezcladas con la luz amarillenta de la velada, se convertían en parte de la noche cerrada.

El rostro del abogado empalideció por momentos. Don empleó las dos manos para acelerar el proceso. Sintió el éxtasis orgásmico al oler la despedida.

Las manos de Loredo flojearon. El ritmo sanguíneo se desvaneció.

Poco a poco, la energía entraba por sus puños para contagiar al resto del cuerpo. El perfume del abogado se le impregnaba en las fosas nasales. Cerró los ojos, respiró hondo y recordó lo mucho que había echado de menos aquello.

Cuando los abrió, el cuerpo de Loredo se había vuelto pesado como un saco de tierra. Ahora era él quien se sentía enérgico y vigoroso.

Se puso en pie con el corazón acelerado. Lo había vuelto a

hacer y no sabía cómo sentirse.

—Maldita sea, lo he matado —murmuró en voz alta, en un estado de euforia y decepción.

Miró atrás, se aseguró de que no viniese nadie y huyó corriendo calle abajo.

27

Calle de José Ortega y Gasset (Madrid, España)
 5 de septiembre de 2017

El referéndum catalán llenaba las portadas de los periódicos.

Estados Unidos afirmaba que Corea del Norte suplicaba por una guerra.

Había dormido como un bebé, sin interrupciones, sin sueños extraños ni pesadillas. Sentado en el interior del vehículo francés, pasaba las páginas del periódico mientras esperaba, junto a Mariano, a que Irene Montalvo Sánchez, la viuda de Joaquín Sans, saliera del domicilio.

Tras su incidente con Loredo, regresó a casa, se quitó las ropas, las puso a remojo y se dio una ducha para eliminar cualquier rastro u olor a sangre.

Para entonces, Mariano ya se había ido a dormir, aunque supuso que lo habría despertado con su llegada. No se atrevía a hablar de ello. No estaba avergonzado, pero tampoco quería contarle lo que había hecho. Le juzgaría, repitiéndole que había cometido una grave insensatez. Pero, en cierto modo, ese abogado tenía razón: puede que, para Marlena, él ya no existiera, aunque sus palabras se aplicaban en cualquier situación. Ahora que le había reconocido y sabía de su regreso, no podía permitirle que se marchara sin más. De hacerlo, Marlena habría vuelto a huir, porque era consciente de que, ese pobre diablo, era capaz de hacer lo que fuera por recuperarla, aunque nada sirviera.

A la mañana siguiente, Mariano había limpiado la cocina, comprado la prensa y unos bollos en la cafetería de abajo. Estaba de humor. Las ideas habían vuelto a su cabeza y, al parecer, se había quitado un gran peso confesándole su pasado al arquitecto.

Mientras tomaban el café, le contó qué sería lo siguiente.

Primero, interrogarían a esa mujer.

No sería fácil y no habría una cuarta oportunidad. No obstante, eso tampoco significaba un impedimento. Simplemente, no podrían abordarla como lo habían hecho anteriormente. Hablarían con ella, juntos, y le preguntarían por la conexión de su marido con los franceses. Irían hasta el final, esta vez sin miramientos, y Mariano se aseguraría de que contara la verdad. Si el miedo era superior a ella, terminaría cediendo.

A las diez y quince minutos de la mañana, la mujer salió del portal de su vivienda de la calle de Ortega y Gasset. Las gafas de sol protegían el derrame que Don le había provocado en el ojo al golpearla. Llevaba una chaqueta vaquera de manga larga, pantalones azules y una blusa blanca que cubría sus brazos. La señora Montalvo se movía con dificultad, a pesar de llevar zapatos planos, e intentaba parecer natural.

—Es ella —dijo Mariano y puso el vehículo en marcha. Se dirigió a la plaza del Marqués de Salamanca, en dirección

174

contraria a donde se encontraban ellos, y subió por Príncipe de Vergara. Mariano dio la vuelta apresurado por una de las bocacalles hasta llegar, de nuevo, a la glorieta, desde la que pudieron verla cómo seguía su camino—. Puede que vaya al hospital.

El chófer señaló a la entrada del hospital Nuestra Señora Del Rosario, pero se equivocó.

La mujer dejó atrás una cafetería y subió los escalones de un establecimiento. Era una floristería.

—Qué extraño... —dijo el arquitecto.

Echó mano a la billetera al ver el rótulo del establecimiento. Buscó la tarjeta y se la mostró al chófer.

—¿Qué es esto?

—La encontré en la oficina de Usera.

—Las peonías... —dijo Mariano recordando la maceta que vio en la casa. Esperaron unos minutos en el interior del vehículo y, sin haberse quitado las gafas de sol, ella salió de allí con una pequeña maceta en las manos. Peonías. Mariano continuó calle abajo esperando no ser vistos y la mujer prosiguió con su camino de vuelta.

—Es extraño —comentó Don—. Cuando fui, sólo encontré una maceta.

Mariano observó a la mujer. Había estado señalando a la persona equivocada.

—Puede haber cambiado con la pérdida de su marido. Me temo que sé quién nos llevará a los franceses...

Rodearon la manzana y regresaron a la puerta del edificio. Su silueta se perdió por el arco de la entrada.

—Es el momento —dijo el chófer, después apagó el motor y se bajaron del vehículo. Siguieron la misma ruta, sin despertar la atención del guardia jurado, que seguía entretenido en su teléfono móvil, y optaron por las escaleras, para sorprenderla. Cuando el ascensor se detuvo, la puerta se abrió y la pareja de hombres aguardó pegada a la pared. La señora Montalvo sacó un manojo de llaves y miró a ambos lados.

Terreno despejado, pensó, mientras sujetaba la planta que había comprado. Introdujo la llave y notó una presencia.

Al levantar la vista, su cara se encogió por el miedo.

—¿Necesita ayuda? —preguntó Don acercándose a ella. Después apareció Mariano. Antes de que gritara, Don la agarró por los brazos y Mariano le selló los labios con esparadrapo—. No se resista. Le prometo que, esta vez, haremos menos ruido.

La mujer cesó de resistirse. Mariano pasó el cerrojo y el olor dulce del hogar los recibió.

* * *

Esta vez, serían rápidos.

Durante la ausencia del arquitecto, el exagente había encargado un micrófono espía a su contacto para escuchar las llamadas de esa mujer. Sólo así podrían saber con quién se comunicaba.

Mariano dejó la maceta en el mueble que había en la entrada, junto a un portarretratos de la viuda y su difunto marido. Don la llevó hasta el final del pasillo, donde se encontraba el salón, el mismo lugar en el que la había dejado atada la última vez.

Mariano se dio cuenta de que, junto con la maceta, había una tarjeta en el interior de un sobre. Levantó la vista y se aseguró de que Don no la lastimaba.

La mujer se resistía con violentos movimientos en vano.

Abrió el diminuto sobre y leyó el interior. Después lo volvió a dejar donde estaba.

El olor a ambientador se hacía más potente a medida que se acercaba al salón principal. Las luces estaban apagadas. Husmeó desde el pasillo para hacerse una idea general del apartamento y se dirigió a la pareja.

Ahora, la mujer estaba sentada en una silla y maniatada con una brida de plástico blanco que Don le había puesto.

—Nos ahorraremos las presentaciones, Irene —arrancó Mariano con gesto serio e imponente. Los ojos de la mujer se movían hacia arriba, temerosos de lo que le pudiera pasar. Ya había probado el escarmiento del arquitecto y no parecía preparada para otro episodio así. Asintió con la cabeza y escuchó atentamente—. Me temo que ha habido un malentendido... y es responsabilidad suya.

No sabía de qué hablaba. Su rostro era pura confusión.

—Nos mintió. Nos tendió una trampa que puso en peligro nuestras vidas —prosiguió—. Así que déjese de historias y díganos la verdad.

Don le quitó la cinta adhesiva. Ella hizo un gesto de dolor.

—No sé de lo que me habla, se lo juro.

Mariano miró al arquitecto.

—Fue usted quien puso el teléfono en el microondas. Sabía que íbamos a venir a buscarlo, le habían avisado —contestó Mariano. Con cada palabra, su pecho se inflaba más—. Así que fue más rápida, nos tendió un cebo y nosotros lo seguimos. Muy astuta... Ahora cuénteme quiénes eran esos franceses, para quién trabajan y para quién lo hace usted.

—Le juro que no sé...

Mariano se acercó y le propinó una bofetada. Sonó como el romper de una ola contra un acantilado.

—No empiece. Hoy, no —dijo el chófer. Don observaba atento—. Dígame dónde está Vélez o le juro que...

La mujer rompió en un sollozo y las lágrimas inundaron sus ojos. Por un momento, Mariano dudó si fingía.

—Se lo juro... No sé nada, de verdad... —respondió con la voz entrecortada a causa del lloriqueo—. Hice lo que me mandaron... Sí, es cierto que Joaquín trabajaba para la seguridad nacional, que se llevaba un sobresueldo con ello, pero nunca me contaba nada, de verdad... Cuando ustedes vinieron por primera vez, les llamé porque estaba asustada... Unos hombres vinieron a casa y me dijeron que guardara el teléfono en el microondas y que lo escondiera hasta que alguien viniera a por él. Hice lo que me dijeron, no sabía que esto iba a convertirse en algo así... Por favor, no me hagan más daño... Tengo miedo...

—Limítese a contestar a mis preguntas —ordenó Mariano indiferente ante las súplicas—. ¿Quiénes eran esos hombres? ¿Los conocía?

—No... De verdad. Por mi difunto marido, se lo juro.

—Déjese los juramentos para la misa. Dígame dónde está Vélez.

—¡Jamás he visto a ese hombre!

—Miente —comentó Don—. Odio las mentiras, Mariano.

—Y yo. La gente mentirosa debería ir al infierno.

La mujer los observaba asustada. La conversación de los dos mantenía un tono tétrico que auguraba el más terrorífico final para ella.

—¿Qué hacemos? —preguntó para someterla todavía más a la presión del momento—. ¿Plan B?

Los ojos de la mujer se abrieron. Tenía parte del rostro colorado por el bofetón.

—¿Qué es el plan b? Por favor, se lo suplico... —dijo y volvió a llorar.

—Necesito ir al baño —dijo Mariano y salió de la habitación. De camino al cuarto de aseo, escuchó el timbre del teléfono, que procedía de la cocina. Se detuvo en el pasillo y esperó. La mujer no dijo nada al respecto. La llamada se volvió a cortar al segundo tono. Mariano no creía en las casualidades.

Entró en la cocina y descolgó el aparato. Esperó unos segundos a que saltara el contestador, pero no estaba activado. Abrió la carcasa de plástico, observó el altavoz y el micrófono con detalle. No había nada. Después sacó un pequeño micrófono inalámbrico con forma de botón y lo pegó a la parte inferior. Volvió a armar el aparato y lo dejó en su sitio. Sacó un vaso, lo llenó de agua del grifo y pegó un largo trago.

Don aguardaba en silencio a la espera de órdenes.

Quería tener la situación bajo control y la mejor forma de hacerlo era escuchando a Mariano. Por parte del chófer, poco más había que hacer allí. En la tarjeta había encontrado un mensaje, una nota anónima que le deseaba un buen día. Sospechó de aquel detalle. Nadie enviaba flores sin intención y menos en el siglo XXI.

Mientras se refrescaba, tuvo tiempo para pensar dónde habrían terminado todas las coronas de flores que habían enviado a su marido. La tarjeta encontrada en la asesoría la relacionaba con ella. Lo más probable es que Montalvo colaborara con los franceses. Una idea conectó con otra y recordó los viejos días de espionaje, en los que se usaban a los hombres de los recados para entregar los mensajes. Volvió a pensar en esa nota. Si la interrogaba, cortarían la correspondencia. A pesar de que el tiempo se les acababa y no podían esperar a que Vélez diera un paso adelante, recordó que la paciencia era una de las habilidades más destacadas en su trabajo. Una vez se fueran, pediría ayuda. Quien sabía esperar, sabía cuándo atacar.

Regresó al salón y vio la figura del arquitecto mirando a la mujer en silencio.

Pensó que, si se lo permitía, terminaría con ella. No hacía falta que le confesara que la noche anterior había estado de caza. Lo sabía de sobra. Sólo había que ver cómo se movía, su aspecto relajado y flotante, como quien ha tenido sexo horas antes. No obstante, le importaba un carajo lo que hiciera a esas alturas, siempre y cuando siguiera entero.

—¿Y bien? —preguntó Don—. Comienzo a inquietarme.

—Nos vamos. Esta mujer no nos dirá nada.

Los ojos de la viuda se desplomaron.

—Gracias por entrar en razón, de verdad... Les juro que les digo la verdad.

—Sólo le diré algo antes de marcharnos —dijo Mariano e indicó a Don que se preparara para salir—. Si comenta, avisa o insinúa que hemos estado aquí antes, le juro que volveré. Con o sin compañía. La encontraré, por mucho que se esconda, y será mi cara lo último que vea.

* * *

Cuando regresaron al vehículo, Don se preguntaba por qué Mariano había decidido marcharse sin más. Ahora, ya no podrían regresar. Había sido su última oportunidad para intentarlo y la habían desperdiciado.

El arquitecto abrió la puerta y observó al chófer meditabundo, concentrado en sus sospechas.

Después, Mariano sacó el teléfono de prepago que utilizaba y marcó un número.

—¿A quién llamas?

Ignoró la pregunta y se centró en la llamada.

—Soy yo —dijo con voz seria—. He instalado un micrófono en el teléfono fijo de la casa... Sí, sí, he visto el router de Internet... Pues consigue la IP, haz lo que tengas que hacer, pero entérate de con quién habla, de dónde recibe las llamadas... Vale, entendido... No te preocupes por eso... Entiendo... Avísame cuando tengas algo.

Después cortó la llamada.

—¿Eres consciente de que nos buscarán?

—Nadie lo hará —dijo con voz solemne—. Nos hemos equivocado todo este tiempo.

—¿Qué? —preguntó Don confundido. El exagente puso el coche en marcha para tomar la glorieta del Marqués de Salamanca y salir de allí—. ¿Estás diciendo que nada de lo que hemos hecho, ha servido?

—No. Estoy diciendo que nos habíamos equivocado de persona —aclaró—. Puede que Joaquín Sans colaborara con Vélez. De eso no me cabe duda... Pero su mujer nos ha mentido. Ella también es una espía, aunque no sé para quién trabaja.

—Explícate.

—Las flores —señaló—. ¿Recuerda la tarjeta que trajo de esa oficina? No le había dado importancia hasta que he leído esa tarjeta... Reconozco que me ha faltado agudeza, pero más vale tarde que nunca... Cuando la hemos sorprendido y usted la llevaba al salón, me he asegurado de que mis sospechas no fallaban. La dedicatoria, por supuesto, no decía nada relevante para quien la leyera, pero era una práctica muy habitual en los años cuarenta y que regresa cada equis tiempo, cuando la tecnología se vuelve rastreable y hay que buscar nuevos métodos.

—¿Estás de broma?

—En absoluto. Le estoy hablando muy en serio. Me abruma no haberme dado cuenta de ello, antes.

—¿Y por qué no le has preguntado, Mariano? —cuestionó el arquitecto. Se estaba poniendo nervioso—. Asustándola, hubiera cantado. Todavía recordaba mi última visita...

Mariano chasqueó la lengua, miró al arquitecto y regresó a la carretera. El sol brillaba en el capó del sedán francés.

—Piense con claridad. ¿De qué nos sirve torturarla? Ella es un simple eslabón, ¿es incapaz de verlo? Esto viene de lejos, no tienen interés en nosotros... Pero nos interesa saber quién está detrás, saber qué intereses tienen terceras personas en conocer el paradero de Vélez... —respondió devolviéndolo a su lugar—. Nunca se sabe... Tras lo sucedido, volverá a hacer contacto con los hombres que le atacaron en el edificio, por eso he instalado un micrófono en el teléfono de la casa. Si no yerro, dudo que sea tan descuidada de hacerlo por vía telefónica y también me temo que esos hombres no trabajan para el CNI, por lo que los españoles posiblemente estén rastreando sus llamadas. Mire... Si es lo que está sucediendo, y ojalá me equivoque, significa que nos hemos metido en un problema más gordo del que hube imaginado en un principio. Existe un protocolo siempre y hay que respetarlo, así que pedirá ayuda, refuerzos. Sin duda, la hemos asustado, pero ella está preparada psicológicamente para esta clase de situaciones. De lo contrario, nos habría recibido la Policía. ¿Entiende?

—Esto suena a película, Mariano. Me estás hablando de que hay otros países interesados en conocer el paradero de Vélez. Me cuesta digerirlo.

El chófer lo miró harto de sus comentarios. La falta de información le volvía más incrédulo.

—¡Por Dios! ¿Qué esperaba? —preguntó exhausto de tanta

cuestión insufrible. A esas alturas, deseaba que el arquitecto hubiera entendido lo que hacían—. ¿Cómo cree que funcionan las cosas en este mundo? ¡Despierte de una vez!

Don lo miró con desprecio.

Le estaba faltando al respeto de nuevo.

No lo entendía. Para él, era una situación completamente desconocida. Parte de la culpa, la había tenido Mariano, siempre hablando a medias tintas, manteniendo el hermetismo de la verdad; procurando que no lo supiera todo, por miedo a arruinar su plan. Quizá aquel era el problema, pensó, que nunca sería del todo claro con él. Era su naturaleza, la misma del escorpión. En ese caso, no le dejaba muchas alternativas, aunque no tenía la seguridad suficiente para tomar su propio camino. Ambos se necesitaban. Él, sobre todo. Aunque le dijera lo contrario, estaba convencido de que conocía el paradero de la ingeniera.

—Como quieras. ¿Cuál es el plan?

—Ya lo sabe. Esperar.

—Esperar, esperar... ¿A qué? ¿No tienes otra respuesta?

—No. Esperar a que sea ella quien establezca contacto. ¿Tan extraño le resulta?

Don arqueó las cejas.

—Me agota esperar. Siempre he preferido los métodos más... directos.

Mariano guardó silencio unos segundos.

—Ha sido un hombre con suerte, aunque ahora ya no cuenta con ella... como antes. Le insisto en que...

Las palabras resonaron como un martillo en su cabeza.

Entre líneas le comunicaba que, todo lo que había conseguido, había sido gracias a él. Pero se negaba a entrar en el barro y arrancar una discusión que no haría más que alterarlos.

—Confío en ti. Eso intento. No es sencillo cuando desconoces lo que está sucediendo.

—Lo sé. Tengo sentimientos parecidos a los de usted.

—¿Te refieres a mí?

Mariano se detuvo en un semáforo.

—¿Lo pasó bien anoche?

Don se quedó perplejo ante la pregunta y se preguntó si lo sabría.

Por la forma en la que lo miraba, estaba convencido de ello, pero también sospechó que podría tratarse de uno de sus juegos psicológicos.

—Echaba de menos pasear por la noche.

Mariano soltó el aire por la nariz. Las luces se pusieron en verde y metió la primera marcha.

—A eso mismo me refería.

28

Hotel Hesperia (Madrid, España)
 5 de septiembre de 2017

Cruzó la entrada del hotel y saludó a uno de los empleados que vigilaba a los huéspedes que entraban y salían del vestíbulo principal.

El Hesperia contaba con un gran café salón de sofás, lámparas brillantes y obras de arte en las paredes.

A las tres y media de la tarde, el interior estaba vacío. Algunos hombres de negocios ocupaban el final del salón mientras cerraban proyectos para sus empresas. En un rincón, relajados en un sofá de terciopelo, cerca del bar, dos hombres vestidos con trajes negros entallados, disfrutaban de la repetición de un combate de boxeo internacional.

La suela de los zapatos resonaba en el mármol impoluto que brillaba gracias a la luz de las lámparas de cristal. Enseguida sintieron su presencia, pero no pareció incomodarles. Acto seguido, se acercó al camarero del bar del hotel y le pidió un té con leche para la mesa donde se encontraban los franceses.

Tenía prohibido beber una gota de alcohol hasta las seis.

—Buenas tardes —dijo Woodward en inglés y contempló las dos tazas de café que había sobre la mesa—. ¿Interrumpo?

—En absoluto —contestó uno de ellos, el más alto, con un inglés duro con fuerte acento francés. Se incorporaron, tirando de la línea de sus pantalones.

El inglés miró a su alrededor y aguardó en silencio hasta que el camarero sirvió la taza de té con pastas y se alejó de la mesa.

—¿Tenéis vuestra parte? —preguntó finalmente.

Los dos hombres se miraron avergonzados.

—Me temo que hubo un pequeño problema anoche —dijo el más alto buscando las palabras adecuadas para sonar convincente—. Ese chiflado dio con nosotros, antes que nosotros con él.

—¿Y cómo fue eso posible?

—No tengo la menor idea de cómo encontraron el piso franco que nos facilitaron.

—No estaba solo —dijo el inglés rascándose el mentón.

El más bajo levantó la vista.

—¿Cómo lo sabes?

—Es obvio que Donoso no es tan hábil —respondió. Agarró la taza y dio un sorbo al té. Después tomó una pasta—. Estoy un poco decepcionado con vosotros.

—Volverá —contestó el alto—. Han mordido el cebo.

—¿Qué cebo?

—Irene —matizó—. Nuestro contacto aquí en España. La han vuelto a visitar hace unas horas, por segunda vez. Parece que El Escorpión había dado con su marido, el contacto de Vélez, de ahí el secuestro. No quedó otra que matarlo antes de que hablara.

—Muy astutos. Terminar con la única pista que tenéis.

—Para eso estás tú aquí.

—En efecto —dijo Woodward y chasqueó la lengua con desprecio.

—La visitaron los dos juntos a su apartamento. La primera vez, para requisarle el teléfono del marido. La segunda, para dar con nosotros. Por esa razón, le han pinchado el teléfono.

Woodward miraba a los dos agentes con altivez.

Para ser de la DGSE, parecían unos aficionados, pero debía mantener la calma si quería su parte del trato.

—¿Y qué creéis que van a hacer ahora? —cuestionó haciendo un esfuerzo por guardar la paciencia.

—Es difícil saberlo. Se mueven de un modo... impredecible.

—Os dije que no sería fácil, pero ya conocéis las condiciones del acuerdo que hicieron nuestros países —respondió señalando la razón por la que estaban reunidos—. Vosotros nos entregáis a El Escorpión, nosotros os damos a Vélez.

Dejó la taza y comprobó la hora.

Pronto serían las cinco. Debía llamar a la ingeniera, aún no había perdido la esperanza. Con un golpe de suerte, el MI6 británico le entregaría una condecoración, rompiendo así el acuerdo que tenían con la DGSE.

Se puso en pie y decidió marcharse de allí. Antes de darles la espalda, el más bajo de los dos hombres volvió a hablar.

—¿Qué hacemos con el otro? —preguntó con su fino acento parisino—. El chiflado.

Woodward frunció el ceño y apretó la mandíbula.

—Es asunto vuestro.

29

Estación de trenes Madrid—Puerta de Atocha (Madrid, España)
  5 de septiembre de 2017

El hormiguero humano se movía en todas las direcciones de la estación.

La estación más grande de España nunca descansaba. Un gran número de viajeros abandonaba los andenes de los trenes de cercanías que llegaban de los alrededores y de las afueras de la ciudad. Otros grupos se dispersaban en los controles de seguridad que les llevaban a los ferrocarriles de alta velocidad, que conectaban con numerosas ciudades del país. Entre la muchedumbre, propia de un escenario como aquel, la ingeniera aguardaba en una de las cafeterías que se encontraban junto al jardín del interior de la estación.

Un hermoso y colorido botánico de árboles y palmeras que llenaban de vida el enorme recinto, más allá de la humana, y oxigenaban el aire captivo entre las paredes de aquel lugar de paso.

Marlena estaba nerviosa, la llamada la había desestabilizado.

Ahora, las imaginaciones que había tenido días atrás, convencida de que habían sido un desliz de la mente, se convertían en una pesadilla real. No le quedó opción, tuvo que hacerlo, por él, por ella y por la urgencia del mensaje que había recibido por teléfono.

Como una sombra invisible, él apareció entre la gente, con el semblante de seriedad perenne en su rostro y los andares serenos que le caracterizaban. La ingeniera dejó el vaso de cartón sobre la mesa. Estaba frío, pero no le importó. La presencia de aquel hombre tan familiar, de aquel rostro que la había acompañado tantas veces, volvió a generar en ella una ansiedad casi olvidada.

Cuando quiso darse cuenta, la punta de sus relucientes zapatos estaban frente a los suyos.

—Hola, Marlena —dijo él asintiendo, cómo si le estuviera entregando el pésame por la pérdida de un familiar. Vestido de traje y con una gabardina de color caqui, Mariano no supo qué más decir, puesto que no estaba acostumbrado al afecto, ni esperaba que la ingeniera lo recibiera con cariño—. Gracias por haber venido.

Temblorosa, respiró profundamente al mirarlo a los ojos.

A pesar de la aparente calma que Mariano podía transmitir, siempre ocultando la verdad que había tras sus pupilas, no era capaz de mantenerse tranquila. Tenía la sospecha de que Ricardo Donoso no estaría muy lejos de allí, aunque el chófer le hubiera prometido previamente que sólo acudiría él.

—¿Dónde está? —preguntó dejando las presentaciones cordiales a un lado.

Él sopló y miró a su alrededor en busca de un camarero de la cafetería en la que ella se había sentado.

—Descansando. Cumplo con lo que digo —respondió sin

darle importancia. Era lo mínimo que podía esperar, después de tanto tiempo—, demonios... ¿Por qué nadie me cree? Por esa razón estoy aquí. Ven, siéntate.

Dirigió sus movimientos y la llevó, de nuevo, hasta la mesa. Dado que los empleados no servían, se acercó y pidió un café, que después llevó con él hasta dejarlo encima de la superficie de madera junto al de la ingeniera—. ¿De verdad que no quieres nada?

—No tengo mucho tiempo, Mariano.

—Cierto —dijo él con voz paternal. Era todo un ensayo—. Como ya he dicho, agradezco que hayas venido.

—¿Qué es tan importante?

—No podía decírtelo por teléfono.

—¡Basta ya, por favor! —exclamó levantando la voz y llamando la atención de los clientes que estaban al lado. Se disculpó y bajó el tono—. Está vivo, ¿verdad? Lo vi con mis propios ojos. Tienes que decirle que me deje en paz, Mariano. No puedo volver a verlo...

—De eso precisamente quería hablarte.

Ella entornó los ojos y cruzó los brazos. No iba a permitir un encuentro. No había negociación.

—Creo que he sido clara.

—El señor Donoso está aquí, ha venido a buscarte, a Madrid, pero no sólo eso...

—¿Es que no me oyes? Lo nuestro terminó, Mariano... Terminó.

—Está enfermo, Marlena. Está muy enfermo.

Ella cerró los ojos. Las manos le seguían temblando. Un ovillo de pensamientos ocupó su cabeza.

—No sé de qué estás hablando, Mariano. Tampoco quiero que me lo expliques —respondió con voz desgarrada mostrándole las palmas de las manos—. No quiero estar relacionada con él, ni con nada de lo que ha hecho o hizo en el pasado. Para mí, está olvidado. No existe, es una persona que...

—No puedes negar su existencia. Te necesita, está vivo.

Las palabras dolían como agujas calientes en su pecho.

Su rostro se contrajo. Quería llorar y le faltaba el oxígeno. Se sentía impotente ante la presencia de ese sádico.

—¿Por qué me haces esto?

Mariano se lamentó y miró al vaso de café.

—El señor Donoso es buena persona, siempre lo ha sido, pero ahora está muy enfermo.

—¡Deja de decir eso! ¡Explícate, maldita sea!

—Su cabeza. No funciona bien... Es peligroso.

En el interior del cuerpo de la ingeniera, sus emociones luchaban por no escuchar las palabras del hombre que tenía delante. Las imágenes del pasado, los momentos de ternura y los sentimientos de aquellos días idílicos volvían a colorearse en su mente.

Los quería olvidados, enterrados en cal viva para hacerlos desaparecer de su vida, pero el subconsciente le estaba jugando una mala pasada. Tensa, se puso en pie dando un pequeño traspiés con la pata de la mesa. El café del chófer se derramó un poco sobre la mesa. Acudir al encuentro había sido un error.

—Me tengo que ir, Mariano. Tengo una cita con un hombre —dijo recogiendo su bolso y cargándolo al hombro—. No ha sido muy acertado vernos de nuevo. No quiero que vuelva a suceder, te lo suplico. De lo contrario...

—No puedes hacer nada —dijo él sin levantarse de la silla—. Lo que más te pesa es saber quién es, conocer parte de su historia, aceptar que es un auténtico peligro para esta sociedad, que las personas como él no tienen cabida en este mundo... a pesar de que descubrieras su lado más noble. Ya no hay vuelta atrás, ni para ti, ni para mí, pero no eres capaz de cargar con ello.

—Mariano, te lo juro. Si no te alejas, avisaré a la Policía —dijo y se giró para mirar a uno de los agentes que rondaba por la estación—. Se lo contaré todo. No estoy bromeando...

—Marlena...

Ella vaciló y se detuvo.

—¿Sí?

—Avísame si cambias de opinión... Siento lo de tu amigo.

—Adiós, Mariano —respondió y abandonó la cafetería tomando las escaleras mecánicas que la llevaban al piso superior.

Desde lo alto, a medida que se perdía en la distancia, vio cómo el chófer seguía allí, pensativo, terminando el café en la mesa, como si no tuviera nada más que hacer.

Reflexionó sobre las últimas palabras, que todavía carecían de sentido para ella.

Se preguntó qué habría pasado con el arquitecto, aunque ya no le incumbiera ni quisiera saber nada de él. El episodio de Copenhague había sido demasiado fuerte como para olvidarlo. Aún le temblaban las piernas al recordar el olor a pólvora quemada. Tenía razón, no era capaz de cargar con ello, ni con nada de lo ocurrido antes. Nunca entendería por qué aquel hombre, de aspecto sensato y mirada entristecida, se preocuparía tanto por un enfermo mental como Ricardo Donoso. Pero, lo cierto era que, Mariano tenía sus motivos.

Una parte de su interior se desgarró por no estar dispuesta a ayudarle, aunque supo entender que los sentimientos no siempre tenían la razón.

Al llegar a la máquina de cercanías, buscó su billete, entró en las escaleras que la llevaban al andén y desapareció de allí.

Por suerte, James Woodward seguía en la ciudad y la ayudaría a olvidar lo que había ocurrido.

* * *

Había tomado una decisión madurada durante años.

No existía vuelta atrás, ni para él, ni para el pobre de Donoso. Ahora que sabía la verdad y que estaba a punto de perder el control de sí mismo, no tenía sentido seguir adelante con un plan tan destructivo.

Marlena había sido su última baza, la carta oculta que podía darle una tregua y devolverle la cordura al arquitecto. Pero dado que se resignaba a colaborar, que sus sentimientos ya no correspondían con los de Donoso, forzar un acercamiento sólo empeoraría la situación de ambos.

Dio un sorbo al café, se cuestionó, por enésima vez en los últimos meses, cómo había llegado hasta ese callejón. Después encontró la respuesta.

Le hubiese gustado propinarse una fuerte bofetada.

La venganza nunca le saciaría. El odio sólo se alimentaba con más odio. Pero, ¿habría sido más feliz huyendo para siempre, dejando que los otros ganaran y olvidándose de lo que le habían hecho?, se preguntó.

Llevaba años triste, los mismos desde que le habían despojado de su familia. Entonces, ¿qué sentido tenía para él seguir vivo, si no era para llevarse consigo a ese cabronazo de Vélez?

Terminó el café, estiró las mangas del traje y se puso la gabardina encima.

Caminó hacia el exterior de la estación, donde había aparcado el vehículo. Le quedaban un par de horas antes de que el arquitecto enloqueciera en el apartamento. La dosis de Lexatin que le había vertido en un descuido durante la comida, era suficiente para dormirlo un buen rato, pero no para tumbar a un caballo.

Pensó que le ayudaría a relajarse, a dormir unas cuantas horas antes de que la situación se agravara. Porque, tarde o temprano, lo haría. Los franceses regresarían, así como Vélez. Lo cierto era que quien golpeara primero, golpearía dos veces.

De pronto y sin esperarlo, Madrid se había convertido en un escenario hostil y sórdido. Un laberinto en el que todos jugaban al gato y al ratón, sin saber muy bien quién era quién.

Mientras se dirigía a la zona donde había estacionado el sedán, recibió un mensaje de texto del contacto que se encargaba de las comunicaciones. Era Nico, un joven *hacker* a sueldo al que había conocido años atrás, a través de un viejo exagente retirado y de confianza, que por entonces se dedicaba al contrabando de información digital. Nico había comenzado trabajando para las entidades bancarias, encargándose de tumbar sus sistemas de seguridad, para después ofrecer una solución a cambio de una compensación económica. Pero aquel no era sólo su campo.

Una vez fuera de juego legalmente, la relación entre ambos se consolidó: Nico no conocía la auténtica identidad de Mariano, ni siquiera para quién había trabajado en el pasado y, por su parte, el exagente no tenía interés en la vida privada del muchacho. La confidencialidad y el secreto profesional se sellaba con las remuneraciones económicas que Mariano le hacía frecuentemente.

El mensaje llamó la atención del exagente. Nico le pedía que acudiera a su casa, lo antes posible. No se lo podía comunicar de otro modo, así que pensó que sería importante. Hasta la fecha, sólo se habían visto una vez. Pensó que, con suerte, esa sería la última.

Comprobó la hora por enésima vez y calculó que aún tenía tiempo de sobra.

El contacto vivía cerca de Lavapiés, conocido barrio obrero y ahora también inmigrante, que colindaba con el centro de la ciudad y el área de Atocha.

Diez minutos después, aparcó el vehículo en zona de pago, y se dejó caer por una cuesta con el sol de frente y rodeado de una mezcolanza humana que poco se parecía a la que se había acostumbrado a ver junto al arquitecto. Al llegar al portal que le había indicado, tocó el timbre, pero nadie abrió. Por suerte, la cerradura de la puerta del edificio estaba estropeada, así que se tomó la licencia de pasar.

El lugar era una vieja corrala madrileña.

Subió las escaleras, que apestaban orín y basura. Las puertas de las casas presentaban un estado lamentable, así como la pintura de las paredes, que estaba desconchada por la humedad y agrietada por el paso de los años. Al llegar a la segunda planta, comprobó que era la misma puerta y recordó que así era. Miró a ambos lados, siempre tomando precauciones, golpeó con los nudillos y la puerta se echó hacia un lado.

Estaba abierto, un fuerte hedor a rancio y cerrado le dio de bruces. Era algo habitual en esa clase de personas que vivían encerradas frente a la pantalla del ordenador, rodeados de plásticos, restos de comida para llevar y latas de refresco o cerveza.

Llegaban a tal punto, que se olvidaban de la higiene y de sí mismos.

Empujó la puerta con el pie y escuchó la música que salía de un ordenador, al fondo de un pasillo. Cerró con sigilo, puso la mano en el cinto y agarró la pistola sin llegar a sacarla. Mariano odiaba las sorpresas pero, para su desgracia, cuando cruzó el pasillo de penumbra y poca claridad, encontró una imagen desoladora.

El mundo se le vino encima y una fuerte tensión se apoderó de sus brazos.

La música electrónica seguía saliendo por los altavoces mientras un vídeo de Youtube proyectaba imágenes en tres dimensiones. En la pantalla había restos de sangre procedentes de la parte trasera de la cabeza. Sobre la silla giratoria, el cadáver agujereado del muchacho, hundido como un filete ruso a medio cocinar. Los ojos del informático todavía seguían abiertos. Su última mirada había sido de terror.

—Pero, qué diablos... —murmuró en voz alta pisando con cuidado de no mancharse las suelas con la sangre que había en el suelo.

Por un instante, le vino a la mente el arquitecto. Pensó que pudo haber sido él, lo cual le horrorizaba. Después pensó en los franceses, habiéndose adelantado al descubrir el micrófono oculto. En ese caso, no se explicaba cómo habrían dado con él en tan poco tiempo.

Un teléfono vibró en silencio, como el zumbido de una mosca sobre una superficie. Echó mano al bolsillo creyendo que era el suyo, pero no era así. Buscó por los alrededores hasta que avistó el aparato del chico, un viejo Nokia 8210 con la pantalla amarilla, el modelo perfecto que utilizaban los narcotraficantes con las tarjetas de prepago para no ser triangulados y, por ende, localizados. Mariano siempre había pensado que aquello era un bulo sacado de la televisión, pero lo cierto era que había sido el mismo Nico quien le había enseñado algunos trucos como el del microondas.

Se acercó a su cuerpo con sumo cuidado y desprendió el aparato de sus dedos. Miró a la pantalla y leyó que era un número desconocido. Instintivamente, se lo arrebató de las manos, se lo acercó al oído y contestó.

Escuchó una voz ronca que reía hasta atragantarse.

—¿Quién eres? —preguntó con el pulso acelerado.

—Ja, ja, ja... —repitió la voz quebrada—. Cuánto tiempo sin escucharte, camarada... Ja, ja, ja...

Mariano apretó los párpados con fuerza y se llenó los pulmones de oxígeno. Sintió una impotencia tan profunda, que quedó paralizado sin poder hablar.

—Hijo de perra... —respondió respirando con problemas. Echó un vistazo por la casa, temeroso de que Vélez estuviera allí pero, para entonces, ya se habría largado—. Has sido tú.

De repente, el tono jovial y relajado del agente cambió bruscamente, adoptando una voz seria y autoritaria, la propia a la que todos estaban acostumbrados.

—Esto es lo que querías, Mariano. Aquí lo tienes, vamos, cógelo, ¡cógelo! —gritó desquiciado al otro lado del aparato—. Tu ambición te llevó tan lejos, que olvidaste el camino de regreso a casa.

—Eres hombre muerto, Vélez.

—Entrégate, me encargaré de que sean lo menos severos posible contigo.

—Vete al infierno.

—Es todo lo que te queda —respondió—. ¿Qué vas a hacer? ¿Volver a huir con ese chiflado? Tal vez tuvieras suerte de localizarlo antes que nosotros, pero... piénsalo. Estás viejo. ¿Hasta cuándo seguirás jugando al escondite?

30

Cuando colgó, sólo le vino a la cabeza un nombre: Marlena.

Un sinfín de pensamientos aceleraron su corazón. Vélez no había perdido el tiempo pero había subestimado su inteligencia. Se lamentó de haberle insistido a la ingeniera. Ahora ella también se encontraba en peligro.

Apurado, abandonó el edificio y regresó al vehículo. Todavía estaba a tiempo de volver al apartamento antes de que el arquitecto se despertara. O, quizá no. Puede que llevara horas despierto.

De vuelta a la vivienda, encontró a Don tomando un vaso de agua en la cocina. Parecía abrumado y algo desorientado a causa de la medicación. El Lexatin lo había dejado en un estado de neutralidad nerviosa, lo cual lo hacía difícil de alterar. Sin embargo, tenía sus consecuencias. Ahora Don parecía un muerto viviente, torpe y lento al caminar.

—¿Dónde estabas? —preguntó.

Mariano se mostraba alterado y no hizo ningún esfuerzo por ocultarlo. Pero Don no podía reaccionar.

—He tenido que salir. Nico está muerto.

—¿Quién es Nico?

El exagente se dio cuenta de que no le había hablado de él anteriormente.

—No importa.

—Creo que me ha sentado algo mal en la comida. Me cuesta pensar con claridad.

—Eso veo —dijo Mariano, arrepentido por haberle provocado ese estado—. Date una ducha. Se te pasará en unas horas.

—Sí. Tienes razón —contestó y desapareció del cuarto.

El chófer vio cómo su silueta se perdía por el pasillo y se metía en el cuarto de baño. Después se acercó a la mesilla, agarró un cigarrillo y lo encendió.

«James Woodward, James Woodward…», pensó buscando en su memoria.

No le sonaba el nombre en absoluto.

Encendió el ordenador portátil y tecleó su nombre en el buscador. No había rastro de él. Abrió LinkedIn, la red social más conocida para los negocios.

Tampoco encontró nada.

«Woodward, Woodward…», continuó repitiendo el apellido en su cabeza.

¿Existía de verdad ese nombre?, se preguntó. Tal vez estuviera perdiendo el tiempo.

Se echó las manos a la cara, se frotó las cuencas y dio una profunda respiración.

«Los franceses», dijo para sus adentros y pensó en la esposa de Joaquín Sans. Los puntos comenzaban a conectar.

Buscó el nombre de Irene Montalvo y dio con su perfil. Abogada en un prestigioso bufete de abogados de Madrid, especializada en Derecho Administrativo. Había cursado sus estudios en La Sorbona de París.

Notó el sudor húmedo entre los dedos.

En efecto, Vélez tenía razón. Se había hecho viejo, ya no sólo de edad, sino también a la hora de pensar. Su cabeza no funcionaba como en otros tiempos. Estaba despistado y no operaba con la misma agudeza mental que cuando era joven. Pasar por alto la formación de esa mujer, sus detalles, así como pensar que Vélez no pondría el ojo en la señorita Lafuente, había sido un descuido que iban a pagar muy caro.

Cuando levantó la vista del ordenador, encontró al arquitecto con el cabello mojado y esa mirada gris que aún se mantenía bajo los efectos de los ansiolíticos.

—¿Ocurre algo, Mariano?

—Vístete —ordenó cerrando el ordenador—. Te lo contaré por el camino. Tenemos que visitar a Irene Montalvo.

* * *

Condujeron de nuevo hasta la calle donde se encontraba la floristería.

Mariano había escrito un mensaje en una tarjeta blanca, como las que solía recibir la mujer. En ella, rogaría confirmación de la asistencia, por lo que, al leerla, la abogada tendría que contestar el mensaje al remitente de siempre.

Era su última bala para alcanzar a los franceses. Si todo salía bien, los franceses se darían cuenta del error y, por ende, de que alguien había interferido en el mensaje.

Se reunirían con ella para entender qué había sucedido y esa sería la ocasión para ir al acecho. Un plan ambicioso, tal vez, demasiado, pero Vélez lo había puesto contra las cuerdas. En su cabeza, estaba convencido de que todos trabajaban con o para Vélez. Si daba con una de las conexiones, podría llegar a él y terminar con aquella pesadilla. Por el contrario, no estaba del todo seguro de que fuera a funcionar.

Le había explicado a Don lo que había sucedido cuando había visitado a su contacto, pero no pareció reaccionar con desagrado. Supuso que todavía no se encontraba en condiciones de actuar, así que le pidió que esperara en el coche.

Cuando entró en la floristería, nadie sospechó de él. Ordenó un ramo de peonías, tal y como solía recibir la señora Montalvo, adjuntó la nota y pidió que lo dejaran allí hasta que ella lo recibiera. Le preguntaron por el nombre y se limitó a explicar que era un simple recadero. Al ver que el encargo era el mismo que solía recibir, no levantaron sospecha.

Pagó, salió del establecimiento y regresó al vehículo. Don espabilaba gracias a la brisa que atizaba su rostro, pero continuaba fuera de juego. Una fuerte pena cayó sobre el exagente. La culpa se apoderó de él, pero intentó pensar con templanza. ¿Estaba siendo un egoísta?, se preguntó. Pestañeó dos veces para empujar al pensamiento fuera de su mente. Tarde o temprano, como todos, Don tendría que enfrentarse a su final, y ni él ni nadie podía ayudarle.

—¿Y bien?

—Primer paso, completo —dijo Mariano y sacó el teléfono de su abrigo.

Conocían el modo de operar.

Una vez, era una causalidad. Dos, una coincidencia. Tres, un método.

Llamó por teléfono al domicilio de la mujer. Escuchó el primer tono y rezó para que no atendiera a la llamada. Después sonó el segundo y colgó antes de que el tercero llegara.

Sintió una fuerte incertidumbre en su interior. ¿Era aquella la contraseña?, se preguntó. Un mar de dudas se apoderó de él. ¿Y si no se encontraba en el domicilio?, volvió a repetirse.

Por fortuna, la señora Montalvo no tardó en aparecer.

Diez minutos más tarde, que parecieron una eternidad, vestida con un abrigo negro que le llegaba a las rodillas y con gafas de sol para ocultar los hematomas, la abogada caminaba en dirección al vehículo. Mariano y Don la avistaron, siguiéndola en silencio por el espejo retrovisor. Varios metros antes de alcanzarles, se detuvo y giró hacia la entrada de la floristería. Esperaron. Irene Montalvo apareció de nuevo con el ramo de peonías bajo el brazo y tomó rumbo a su casa.

Mariano arrancó el coche y siguió en línea recta acorde con las indicaciones de los semáforos.

31

Parque de El Retiro (Madrid, España)
  5 de septiembre de 2017

Un hombre disfrazado de rana Gustavo se sentaba frente al enorme estanque que rodeaba el monumento dedicado a Alfonso XII.

El calor de la tarde propiciaba que las parejas más atrevidas se subieran a una de las barcas que se movían por el agua. La estatua ecuestre estaba acompañada por un semicírculo de columnas y protegida por dos leones que miraban al otro lado del parque.

Aunque cada vez era más frecuentado por los turistas, Mariano pensó que no llamaría la atención a la hora de citarse.

Junto a Don, caminaba por el otro lado del estanque, ambos atentos a cualquier movimiento. En cuestión de minutos, su cita acudiría al encuentro. Si todo salía bien, darían con ellos. De lo contrario, y como alternativa, abordarían a la mujer sin reparo alguno. El tiempo para la reflexión y las esperas había terminado, tanto para él como para el arquitecto. A Don no le quedaba mucho tiempo antes de que cruzara la línea que separaba la cordura de la oscura zona y sin retorno, llamada demencia.

Poco a poco, el arquitecto comenzaba a recuperar la claridad mental, a deshacerse de la bruma que lo había sumido en un limbo cognitivo y a recobrar las ansias que formaban parte de su naturaleza.

Consciente en todo momento de lo que estaba sucediendo, no fue hasta ese momento cuando empezó a plantearse cómo Mariano había llegado a tal conclusión. Podía salir mal. Podía no aparecer nadie. No obstante, sabía que el exagente era incapaz de aceptar que carecían de planes, de objetivos y que, volver a Madrid, había sido un error.

Él mismo empezaba a dudar de si había hecho lo correcto.

Se cuestionaba si había merecido la pena arriesgarlo todo por enfrentarse al muro de la verdad, en lugar de huir, como hacían todos, e idealizar un presente a través de los momentos agradables que siempre dejaba el pasado, en lugar de aceptar lo que realmente era.

A medida que recuperaba la consciencia, se hacía más notable el rostro de Marlena entre sus cavilaciones. Había viajado hasta allí por ella. Lo había arriesgado todo, una y otra vez, sin éxito. Lo más lógico habría sido empezar de cero, como hacían todos. Porque ella era lo único de su vida anterior que seguía vivo, real. Creía que así, podría reconstruir su vida, recuperar los momentos agradables que no había vuelto a sentir. El único recuerdo que podía recuperar.

Bordearon el parque, dejando atrás el paseo y acercándose a las escaleras que había bajo el monumento. La afluencia de turistas era menor a la de otras veces, quizá por ser un día entre semana y después de las vacaciones de verano.

Con el mismo abrigo y oculta en las gafas de concha negra, Irene Montalvo apareció entre el gentío, agarrada a su bolso.

Mariano le dio una orden al arquitecto para que se detuviera y aguardaron escondidos tras uno de los kioscos que había en el parque.

El corazón le latía con fuerza al exagente, que había esperado ese momento con una gran expectación.

—¿Qué hacemos después? —preguntó Don, harto de discutir.

—Veremos a dónde van y los seguiremos —respondió con la mirada fija en la abogada—. Las salidas están lo suficientemente lejos como para alcanzarles. En el peor de los casos, nos dividiremos.

—Entendido.

Irene se sentó tras la estatua, en una de las espaciosas baldas de piedra que había en la columnata y que algunos usaban como zona de descanso.

Tiesa como un árbol, esperó a su cita. Había caído en la trampa de Mariano y eso le hacía sentirse triunfante. Sólo faltaba comprobar si la otra parte habría hecho lo mismo.

Un misterioso hombre apareció vestido de traje con una gabardina de color azul marino y el pelo hacia atrás. Tenía la piel pálida y el cabello castaño. Ninguno de los dos reconoció su rostro.

El desconocido se sentó junto a la mujer y se quedó mirando al frente durante varios segundos.

—Es él —dijo Don.

—¿Quién? —preguntó Mariano desconcertado.

—Su contacto —contestó el arquitecto dispuesto a salir—. No importa quien sea. Es el contacto.

—Espera —ordenó Mariano ejerciendo cierta presión en

su antebrazo. Don reculó a regañadientes—. Quizá nos equivoquemos y se conozcan de algo. Dales un poco de tiempo...

Precisamente, ese breve espacio de tiempo fue lo único que el extraño necesitó para deshacerse de la mujer. A pesar de que la viuda de Sans colaborara con la DGSE francesa y hubiese delatado a su difunto marido, Vélez había llegado a tiempo para interceptar y detener sus intenciones. Mariano le había facilitado parte del trabajo instalando aquel micrófono en su domicilio, el mismo que lo llevó hasta el paradero de Nico.

Como un buen ejecutor, tras su visita por el apartamento de Lavapiés, Vélez solicitó a Woodward un encargo de última hora, antes de que se ocupara de la ingeniera: eliminar del mapa a la abogada.

El inglés no tuvo opción, aunque pusiera en compromiso su acuerdo con el país vecino.

Debía tener la completa confianza de Vélez antes de entregarlo al Gobierno británico.

La prioridad de la operación.

Después de todo, los franceses eran unos ineptos para él.

Desconcertada, Irene siguió con la mirada al frente, incomodada por la presencia de aquel hombre de traje. Pero la acción no se hizo esperar.

Con un elegante movimiento, sacó de su chaqueta una ampolla de líquido, prevista de una pequeña aguja. Se acercó a la abogada y le pinchó en el brazo, cruzando el tejido del abrigo.

—¡Ay! —exclamó ella girándose al sentir el picotazo. Woodward se limitó a alejarse como si llegara tarde a alguna parte.

Segundos después, Irene Montalvo sintió un fuerte mareo. Las náuseas se apoderaron de su cuerpo y los temblores la obligaron a vomitar una espuma de color crema que salía por su boca. La señora cayó al suelo, con los ojos en blanco.

—¡Mierda! —exclamó Mariano y tiró del brazo a Don.

La plaza comenzó a llenarse de espontáneos que se acercaban a socorrer o contemplar lo que ocurría. La Policía montada a caballo se abrió paso entre la confusión. Don y Mariano rastrearon la gabardina azul de aquel tipo entre los aledaños del monumento, pero se había esfumado por completo.

—James Woodward —dijo Mariano recordando ahora el nombre que Marlena le había mencionado—. Tenemos que encontrarla. Está en grave peligro.

—¿De quién hablas ahora, Mariano?

El chófer se giró y lo miró a los ojos.

—Marlena, señor —dijo—. La señora Lafuente se va a citar con el hombre que acaba de asesinar a esa mujer.

32

Un taxi lo llevó hasta la puerta del estudio de arquitectura.

Iba apurado de tiempo, aunque toda su vida la había pasado ajustándose a las agujas del reloj. Deshacerse de esa mujer, había sido un juego de niños. Las cosas salían tal y como había planeado. Era el mejor, eso se repetía en su cabeza. Ojalá todo fuera así, pensó, aunque sólo bromeaba. Cambiar su vida por una normal, sin riesgo ni desafíos, le producía una inmensa y pesada zozobra.

Con la autoestima bien alta y el placer de haber cumplido con su palabra, se plantó en la puerta del edificio en el que se albergaba la oficina de Marlena Lafuente.

El desplante del día anterior, fruto de las malas formas del inglés, sólo había sido una advertencia, aunque no una sentencia final. Los tiempos muertos siempre hacían su juego.

Él era consciente de que en la ingeniera habían aflorado alguna clase de sentimientos hacia su persona, por lo que se limitó a disculparse una vez y desaparecer. El vacío generado en ella, la ausencia absoluta y la idea de no volver a verle, generó una necesidad artificial de contactarle de nuevo. Por su parte,

Woodward fingió estar interesado, al menos, lo suficiente para que la ingeniera no lo notara. De lo contrario, habría dado un paso en falso, quedando como un manipulador. La paradoja del cortejo siempre funcionaba así. Y es que, en las emociones, como en su oficio, quien más daba, terminaba siendo quien más necesitaba.

Finalmente, tras el interés, el británico fijó el encuentro para aquella tarde. Algo casual para mantener el romance que había generado durante la cena y dejar a un lado lo ocurrido. Algo espontáneo para poder drogarla y llevarla a su hotel.

Quince minutos más tarde, Marlena Lafuente aparecía por la entrada del edificio.

Se despidió del portero, que parecía parte del mobiliario, y agachó la cabeza hacia un lado, con timidez, para no toparse con la penetrante mirada del inglés.

—Hola, Marlena —dijo él con las manos en los bolsillos del abrigo y una sonrisa firme pero reluciente. Ella estaba más alegre que él, a pesar del disgusto que se había llevado un par de horas antes en la estación de ferrocarril—. ¿Qué tal el día?

Marlena se rio. Pensó que estaba siendo sarcástico. Era la clase de humor que le gustaba. Para ella, todo lo que salía de su boca era así, pero Woodward le soltó lo primero que se le había pasado por la cabeza.

En ocasiones, parecer estúpido era lo más inteligente.

—Hace una tarde estupenda, ¿verdad? —preguntó ella y lo agarró del brazo.

Él se quedó pasmado, pero reaccionó con naturalidad. No quiso ser brusco, pues ella le estaba allanando el terreno—. ¿Por qué no damos un paseo?

—Me parece una idea muy simpática.

—Querrás decir una idea encantadora.

—Como tú —contestó y ella se sonrojó. Un calor le subió por debajo de la ropa. Lo había hecho a propósito—. ¿Y esa sonrisa tan bella?

Marlena levantó los hombres y miró hacia el frente.

—Ha sido un día extraño, respondiendo a tu pregunta.

—Entiendo —dijo él y tomó el rumbo del camino. Pensó que la llevaría al bar del hotel. Allí no les molestaría nadie. Después, no tendría más que subir con ella—. ¿A qué se debe?

Ella alzó las cejas, sorprendida por el interés.

—Oh, nada. Viejas amistades que aparecen como fantasmas en la vida. En ocasiones crees que se han ido para siempre pero, de algún modo u otro, logran regresar cada cierto tiempo.

Su voz apenada y temerosa hizo sospechar al británico. ¿Se habría reunido con él?, se preguntó. Qué importaba, no le tenía miedo alguno. Sintió un ligero cosquilleo en las tripas. Antes de entregarle a Vélez a los servicios británicos, quería demostrarle a ese gordinflón de lo que era capaz.

—No te preocupes... —respondió él con una sonrisa segura—. Ahora, estás conmigo y... ¿Sabes qué? Me encanta cuando las cosas terminan bien.

Ella no supo qué decir al escuchar eso, aunque estaba de acuerdo con sus palabras. Hacía mucho que sus finales no eran felices.

—Tienes razón —respondió y le tocó el brazo con la mano que tenía libre—. A mí también me encanta.

La pareja se acercó al paso de cebra que cruzaba la calle de Génova y se dejaron caer cuesta bajo hacia Colón.

* * *

Hotel NH Collection Madrid Abascal, Calle de José Abascal (Madrid,

España)
3 de septiembre de 2017

«¿Alguna vez has estado enamorada?»

La pregunta se repetía en su mente, una y otra vez, con la voz distorsionada del inglés, yendo y viniendo como un eco infinito. La cabeza le daba vueltas. Una luz cegadora salía del techo. Ni siquiera sabía cómo había llegado allí, pero lo cierto era que no estaba en casa, ni en un lugar familiar. Apenas podía moverse, se sentía aturdida y tenía la boca muy reseca, la saliva espesa y el pulso acelerado, como si se le fuera a disparar el corazón.

Con los brazos extendidos, movió la cabeza y vio la silueta de un hombre.

Era James, frente al espejo y se estaba refrescando la cara.

Un sentimiento de culpa la arrastró por dentro. Por un segundo, creyó que estaba allí por haberse pasado con el alcohol. Beber sin haber cenado antes, tenía sus consecuencias. Sin embargo, no recordaba qué había tomado, ni dónde habían estado, más allá de su puesto de trabajo y el paseo que habían tomado. Después, la película se volvía borrosa y confusa.

Pensó en Mariano y en cuando la salvó de la muerte a manos de aquel tipo.

—¿James? ¿Eres tú? —preguntó desvalida y con voz grave. Movió la mano con desacierto en busca de su teléfono, pero en la mesilla de la habitación no había nada—. ¿Dónde estoy? ¿Qué ha ocurrido?

—Descansa, Marlena. Estás a salvo —dijo sin darse la vuelta. Su figura parecía lejana, pero aquel cuarto no podía ser demasiado espacioso.

—Me encuentro mal, James... Creo que necesito un médico...

—No necesitas nada, ahora descansa.

—Pero, James...

—Cierra la puta boca de una vez, joder —murmuró delante del espejo.

La ingeniera entendió que no se trataba de un accidente y ahora debía salir de esa habitación en cuanto pudiera.

James Woodward lanzó un trozo de papel al inodoro y tiró de la cisterna. Después caminó por la habitación hasta la puerta e hizo una llamada desde el teléfono móvil.

—Soy yo —dijo comprobando que Marlena seguía despierta—. Está conmigo, en el hotel.

—¿Tienes a la chica? —preguntó Vélez.

—Así es. Está algo aturdida. Se le pasará en unas horas.

—Cojonudo —respondió y aguardó unos segundos—. ¿Puede caminar?

La volvió a mirar con desprecio.

—Más o menos. ¿Qué planeas? Tienes lo que querías, ¿no?

—Escucha, listillo —respondió con altivez Vélez—. Aquí quienes interesan, son esos dos, ¿me oyes? Ella sólo es un recurso.

Comenzaba a estar harto de ese idiota, de sus formas y de sus órdenes. En otra situación, se lo había quitado de en medio mucho antes, pero sus superiores del MI6 lo querían vivo para interrogarlo o comprarlo a cambio de un puñado de libras esterlinas.

—Recibido —dijo con tal de no llevarle la contraria.

—De momento, déjala ahí. Ella es lo que quiere Donoso —indicó. Podía escuchar su respiración cansada por el altavoz—. Tú pide un taxi y que te lleve a Palomas. Encontrarás un edificio abandonado al otro lado del parque, al final de la avenida de los Andes.

—Palomas... Avenida de los Andes... repitió murmurando.

Marlena escuchaba desde la cama. Esa era la dirección de los RD Estudios, la antigua empresa de Don y el edificio en el que había trabajado para él. Esa conversación le indujo un mal presentimiento. Los nervios aceleraron su malestar y notó cómo el cuerpo le respondía, aunque sintiera una nube en la cabeza—. Está bien, veinte minutos. Ahora mismo llamaré a un taxi.

Cuando colgó, la ingeniera, que seguía tumbada en la cama, vestida tal y como había llegado salido del trabajo, simuló haberse quedado casi dormida. El inglés se acercó a ella y le dio una pequeña bofetada para espabilarla.

—No te duermas, no es bueno para ti, Marlena —dijo con voz amigable.

—¿James? —preguntó exagerando su estado. Él sonrió y la miró con pena. En el fondo, le hubiese gustado acostarse con ella, pero no le pagaban para eso. En el mejor de los casos, tendría que matarla, pero sería más tarde—. ¿Qué está ocurriendo, James?

El inglés se puso en pie colocándose el abrigo y dio media vuelta.

—Casi lo olvido... —comentó, buscando una camiseta que usaba para dormir. La rompió de un tirón y utilizó el trapo para atarle las muñecas al cabezal de la cama—. Debo asegurarme de que serás una buena chica.

—¿Qué? ¿Qué haces? ¿Qué estás haciendo? —preguntó alterada al ver las manos del británico forzando sus brazos.

Pataleó desesperada, pero fue en vano. La fuerza del inglés era superior.

La maniató con firmeza y comprobó que era incapaz de llegar al trapo.

—Eso servirá —dijo finalmente y desapareció de la habitación dando un portazo.

A pesar del sedante, una lágrima logró escaparse del ojo izquierdo de la ingeniera y se derramó por su rostro.

Volvió a pensar en él, en Ricardo, en Mariano.

Se sintió traicionada y estúpida por haber sido engañada, por haber formado parte de un complot hacia ellos. Debió escuchar a Mariano.

Quizá, de ese modo, les habría salvado a los tres.

33

Aún no habían salido del parque aunque no habían perdido la esperanza de dar con el rastro de aquel tipo.

Don no podía pensar, sentía que estaba a punto de perder el equilibrio.

La presión de la situación era superior a su templanza. Un fuerte ardor de estómago lo estaba consumiendo. Las manos no le respondían y la cabeza le daba vueltas, provocando que su sistema nervioso se disparara.

Más y más gente se reunía alrededor de la escena del crimen. Los médicos transportaron el cadáver en una camilla al interior de la ambulancia.

La pareja se separó de la muchedumbre y se fundió en el bosque de árboles que había en lo alto de la cuesta.

De pronto, el arquitecto se detuvo. Estaban a salvo, podían hablar sin testigos, aunque le importara lo más mínimo que alguien les escuchara.

—¿Qué me estás diciendo, Mariano? —preguntó sin mirarlo a los ojos, con las manos en alto y la mirada sobre el camino de asfalto—. Tú me contaste la verdad sobre ese abogado, ese chico que estaba saliendo con Marlena...

—Señor... —dijo lamentándose.

—Me diste su nombre, lo localicé. Tú mismo sabes lo que le hice a ese hombre...

—Tiene que escucharme...

—¡No! ¡Tienes que escucharme tú a mí! —bramó. Las venas se le marcaban en la frente y mostraba el rostro enrojecido. Estaba realmente enfadado—. ¡Me engañaste! ¡Me utilizaste a tu antojo!

—Eso no es así —dijo poniéndose firme—. Usted me preguntó por él. Yo me limité a darle su nombre. ¿Qué más esperaba?

—¡Vete a la mierda, Mariano! ¡Maté a un inocente! —contestó señalándole con el dedo acusador—. Eres consciente de que me usaste porque conocías mi debilidad por esa mujer. Sabías que Marlena no tenía nada con él, pero pensaste que así ganarías tiempo. ¡Y también conocías su paradero! ¡Eres un maldito egoísta! Me siento traicionado por la única persona en la que confiaba de verdad... Todavía no entiendo cómo has podido hacer algo así. Ni siquiera sé cómo lo he permitido...

Mariano se acercó a él, lo agarró por los brazos y lo encaró.

—¡Escúcheme bien! —exclamó con gesto serio—. La señorita Marlena está en peligro y necesita su ayuda. Vélez nos ha tendido una trampa desde el principio y no lo ha hecho solo. Nos quieren a los dos y están dispuestos a sacrificar lo que sea necesario...

—No, Mariano —dijo dando un respingo, recuperando la aparente calma y relajando el rostro. Su voz ahora era más grave, algo se había activado en él. Tenía el aspecto de la misma persona que se le aparecía en el espejo, aunque era incapaz de diferenciar quién hablaba dentro de su cuerpo—.

Te quieren a ti. Esta caza de brujas siempre ha sido cosa tuya. He tardado tiempo en comprenderlo, pero es así. Siempre lo ha sido. No somos tan diferentes, tenías razón, pensamos del mismo modo... Pero tú sólo quieres recuperar tu feudo... y yo no te importo lo más mínimo.

Por un instante, el chófer dudó de él y se preguntó cómo habría descubierto sus intenciones, pero debía ser fuerte, convencerlo, eliminar esa idea de la cabeza del arquitecto.

—¿Me va a ayudar o se va a quedar ahí sermoneándome? —preguntó. Mantuvieron la mirada, pero las palabras no salieron de ninguno de los dos—. Siento haberle ocultado información. Si le hubiera dejado verla, lo habría arruinado todo. Está enfermo, sabe de lo que es capaz cuando le afectan las emociones, pero no puede controlarlo... Ella es la única que puede devolverle la felicidad... porque ella es la única persona con la que se siente cómodo, sin remordimientos... No crea que no lo intenté.

Don pensaba en las palabras que él decía. Se cuestionó si era otro de sus trucos. Él confiaba en ella, creía en el amor, pero sabía más bien poco de éste. La idea de perder a Marlena por decisión propia, simplemente, agrietaba su corazón.

—No me pienso tragar otro de tus embustes. Marlena todavía tiene sentimientos hacia mí. Sólo debe perdonarme...

—La señorita Lafuente no quería verlo —dijo y los ojos del arquitecto se paralizaron. Mariano sacó la pistola sin temor a que alguien lo viera y se la entregó—. Tome, dispare y máteme. Lo está deseando, puedo sentirlo en su forma de respirar. Después comprobará que esta pesadilla sigue sin mí.

Don cogió el arma con las dos manos.

—No pienso dispararte.

—Entonces guárdela y ayúdeme a terminar con esta historia.

* * *

Abandonaron El Retiro y regresaron al vehículo, que seguía aparcado en una zona de pago.

Mariano caminaba pensativo. Tras la muerte de Irene Montalvo, se había quedado en blanco, sin ideas. La discusión había enfriado la conversación, aunque no tenía más remedio que acudir de nuevo a él, de solicitar su colaboración. Si Lafuente se iba a reunir con ese hombre, debían encontrarla antes de que fuera tarde. Lo más probable, es que James Woodward la asesinara.

Subieron al vehículo. Don tenía el rostro tenso y la expresión seria. Se encontraba desorientado, abrumado por la información y su corazón era un carrusel de emociones.

Ahora, más que nunca, quería verla, preguntarle y que le contara la verdad. Estaba agotado, cansado de ser quien era, sin importar su nombre. Se sentía traicionado por todos y el escozor de las piernas volvía a hacerse presente con más y más calor. Los calores le alcanzaron el cuello. Mariano lo observó con detenimiento cuando se rascaba la parte superior del pecho.

—¿Está bien?

—Tengo calor. Eso es todo —contestó Don con sequedad. El chófer dio varios golpecitos al volante antes de arrancar—. ¿Piensas quedarte aquí dentro el resto del día?

Apretó los puños y se guardó las palabras. Don era un fósforo en busca de algo con lo que restregarse para prender.

—Necesito su ayuda —dijo al arrancar el motor—. La señorita Lafuente tiene una cita con ese tipo. Al parecer, una cena. Por casualidad... ¿Se le ocurre a dónde podrían haber ido?

Don se rio como si hubiera dicho algo gracioso, pero no era

así. Después recuperó la seriedad.

—Esto es Madrid. Podría estar en cualquier sitio ahora mismo. Estás buscando una aguja en un pajar, Mariano.

—Pero estoy seguro de que ella tendrá sus lugares favoritos, ¿no cree? —insistió, algo más nervioso que la primera vez.

—Pueden estar en Salamanca, en Chamberí, en quién diablos sabe... ¿Eso es todo lo que se te ocurre?

Su modo de actuar, ahora indiferente, lo estaba poniendo de los nervios. Se mostraba ofendido, quizá por esa razón no quería prestarle ayuda, pero no lo entendía. Actuaba como un niño inmaduro, quizá como ese joven que siempre había sido, pero en el que nunca había podido convertirse. Después de todo, era él quien perdía los vientos por la ingeniera. ¿Iba a dejar sin más que le hicieran daño?, se cuestionó.

Se acercaban a la Puerta de Alcalá, cuando Mariano notó que un coche les seguía.

Cambió de carril y divisó los rostros de dos hombres.

El sedán era un coche alemán, un BMW 320 de color negro, una bestia que los alcanzaría en cuanto tomaran una recta. Don también lo percibió.

—Ese coche nos sigue, ¿verdad?

—Eso me temo. Creo que son ellos.

—¿Vélez?

—No, los franceses —dijo y volvió a mirar por el espejo retrovisor. No reconoció sus rostros, pues no había tenido ocasión de verlos con detenimiento, pero sí sus siluetas, los trajes y la expresión inconfundible que tenían todos los agentes—. Espero que, durante estos años, haya aprendido a disparar.

* * *

Cruzaron la plaza de la Independencia y atravesaron la calle de Alcalá sumidos en el tráfico vespertino habitual.

El coche alemán los seguía en la distancia y la única forma de asegurarse de que estaban en problemas, fue desviándose por el paseo de Recoletos.

Cuando vieron que el vehículo tomaba la misma dirección, Mariano pisó el acelerador, a pesar de la posible presencia policial que había por la zona, y comenzó a zigzaguear como una serpiente entre los tres carriles de una sola dirección que los llevaba hasta Colón.

Los altos edificios se rendían ante ellos. Allí aumentó la velocidad, convirtiendo, prácticamente, el alargado paseo de la Castellana en una pista de carreras.

—Vamos a llamar la atención de la Policía.

Los franceses no parecían relajarse. Mantenían una distancia segura, pero sin ocultar lo que estaban haciendo. La arteria madrileña era un enjambre de vehículos y policías motorizados que no permitía saltarse las normas. Mariano razonó rápido y se cuestionó cómo de bien conocerían la ciudad aquellos matones. Sólo existía un modo de saberlo.

La noche se iba acercando. La Puerta de Europa, los dos rascacielos inclinados de 114 metros que abrazaban la Plaza Castilla iluminaban el cielo. Tomaron el primer desvío de la glorieta para dirigirse a la estación de ferrocarril de Chamartín, la segunda más grande de la ciudad. Los franceses siguieron la trayectoria del vehículo. Mariano apagó las luces y se desvió por un callejón de asfalto, rodeado de viviendas, edificios de ladrillo y vegetación. Los rayos del sol no llegaban allí, las sombras se hacían cada vez más largas en la calle. Miró por el espejo y no vio a nadie, por lo que entendió que estarían entretenidos. Se quitaron el cinturón de seguridad y bajaron del coche. Los edificios que tenían en frente, quedaban demasiado lejos.

—¿En qué estás pensando?

Sin respuesta, Mariano se acercó al seto que protegía al muro de ladrillo que separaba la parte trasera de la estación. Tomó carrera, dio un salto y lo trepó. Después cayó al otro lado. Don escuchó el motor de un vehículo. Antes de que éste apareciera, saltó, se agarró al borde del muro y trepó hacia el otro lado.

34

Estación de ferrocarril Madrid Chamartín (Madrid, España)
  5 de septiembre de 2017

Habían logrado despistar a esos hombres, aunque ahora tenían que desplazarse a pie.

Al otro lado del muro, había un complejo de bajos de oficinas. Callejearon entre las sombras, evitando cualquier tipo de presencia humana, hasta que llegaron al otro extremo del recinto, para saltar otra cerca y llegar a los raíles donde descansaban los trenes de la estación. Olía a carbón, aceite y humo. El sol se apagaba lentamente dando lugar a la noche. Don se quedó contemplando por unos segundos el paisaje: desolador e industrial. El cinturón de la M-30 quedaba al fondo. Los coches avanzaban lentamente con los faros encendidos, como luciérnagas moviéndose en fila india. Por la izquierda sobresalían cuatro rascacielos que hacían sombra al hospital de La Paz. Las ventanas de las oficinas, iluminadas como pequeñas lentejuelas en el abismo, se encendían y se apagaban sin orden alguno.

—Vamos, no tenemos mucho tiempo —dijo Mariano dirigiendo la ruta.

El arquitecto miró atrás y contempló a los pasajeros que se subían en los trenes de cercanías y de larga distancia que salían desde allí. Caminar entre raíles no era la opción más segura, pero sí el único modo de abandonar aquel lugar y volver al asfalto. Por suerte, muchos de los trenes estaban parados o habían terminado su turno.

Don siguió los pasos del exagente sin rechistar. Bajaron unos peldaños y se pegaron al lateral derecho, junto a los raíles de una vía que parecía ser únicamente de transporte de mercancías.

—Mariano... —dijo Don siguiendo el ritmo agitado del chófer. Las pisadas provocaban el sonido de las rocas al chocar. Era incómodo, peor que moverse sobre guijarros. Mariano continuaba en línea recta, algo más fatigado que el arquitecto, controlando ambas direcciones en busca de una salida—. Antes de continuar, necesito preguntarte algo importante.

«Otra vez», pensó Mariano y lo ignoró.

Segundos después, notó cómo una mano le agarraba del bíceps. Se giró repentinamente. Estaba detrás de él.

—¿Qué?

—¿Ya no me ama? —preguntó el arquitecto apurado—. Marlena. ¿Te lo dijo? ¡Dime la verdad! ¡Sólo te pido eso!

La desesperación de un hombre afligido, a punto de perder la cordura, estaba forzando que se comportara de un modo patético. A ojos ajenos, podría parecer que fingía, que le estaba dando más importancia de la que realmente tenía. Pero cuando alguien pierde lo que más desea, aquello a lo que se ha aferrado como si la vida le fuera en ello, no existe límite para la desesperación, ni tampoco para el drama.

Mariano lo miró con misericordia, pues el hombre que tenía delante de él estaba destrozado. Sólo le importaba una cosa y era capaz de pasar por alto todo lo que le había mencionado antes, todo lo que había llegado a observar en la distancia. En efecto, por esa razón, había logrado manipularlo durante tanto tiempo. Don no tenía maldad en su interior más profundo, a pesar de sus instintos, a pesar de lo que fuera capaz de hacer cuando perdía el control. Una persona que era capaz de olvidar y perdonar, dos términos que no siempre iban de la mano, también merecía una segunda oportunidad para hacer el bien. Lamentablemente, no todas las personas tenían solución y él era una de ellas.

Mariano lo había intentado, sin éxito, pero realmente se había aprovechado de él, desde un principio, y no le pesaba la conciencia. Eso era lo último que podía contarle porque, de hacerlo, lo mataría o terminaría consigo mismo. Y él lo necesitaba, al menos, para hacerle frente a Vélez y a los hombres que iban con él. Lo que pasara después, serían finales diferentes para historias separadas.

Tomó aire, sopesó las palabras y, por encima del hombro del arquitecto, vio un tren que abandonaba la estación. Pensó que era cosa del destino, del famoso libre albedrío, aunque conocía las consecuencias de ambas respuestas. Esta vez, no estaba preparado para arriesgar.

—Jamás mencionó algo así, señor —dijo y lo miró fijamente. El arquitecto buscó en su iris el embuste, la duda, pero no logró ver nada más que el color de sus cuencas. Mariano sabía que intentaba ponerlo a prueba—. Estoy convencido de que la señorita Lafuente, todavía, no le ha olvidado.

Los músculos del arquitecto se relajaron por unos segundos, hasta que escucharon el impacto de una bala contra el frío acero de las vías del tren.

La conversación terminó ahí, ambos desenfundaron sus respectivas pistolas y buscaron el origen del disparo. A lo lejos, como dos hormigas que se hacían más grandes, vieron a los dos franceses, uno más alto que otro, corriendo hacia ellos.

Mariano apuntó a uno de ellos y tiró del percutor. Se escuchó un fuerte estallido y echaron a correr.

El aire les daba de cara, helado como un témpano, en una noche ya cerrada por completo.

Atravesaron las vías bajo la mirada de esas torres de edificios que antes les habían quedado lejos. Un descampado de tierra se presentaba junto a la avenida de Burgos, que cruzaba paralela a la estación.

Abandonaron los raíles, tomaron el camino de arena, secarrales y piedras, que cruzaba un pedazo salvaje de tierra, y vislumbraron un muro de ladrillo manchado de pintadas de aerosol.

Mariano estaba asfixiado, no podía correr más y tuvo que detenerse para recuperarse. Apoyado sobre las rodillas, vio la silueta de los franceses a lo lejos.

—Venga, Mariano, sólo nos queda saltar —dijo Don apurado, al ver que aquel era el límite del terreno y se encontraban a escasos metros de éste—. ¡Vamos, joder!

Mariano se negaba con la cabeza. Estaba viejo, Vélez tenía razón, y recordó sus palabras de nuevo.

Don lo agarró por los hombros y lo acercó hasta un montón de chatarra que había amontonada en medio de aquel terreno. Lo sentó allí en silencio y escuchó un ruido.

Tan pronto como uno de los franceses apareció entre las sombras, abrió fuego.

El primer disparo los ahuyentó, pero después se separaron.

Se agachó y se asomó entre los hierros. Se habían bifurcado. Si disparaba, el otro abriría fuego. No lo pensó de más, sacó el brazo y descargó dos balazos en el estómago del más alto. El segundo, asustado, reculó y bordeó el montón por el lado opuesto. Don subió por la chatarra y lo sorprendió desde arriba. Antes de que pudiera reaccionar, el francés levantó la pistola para dispararle. Un fuerte impacto lo tiró al suelo perforándole el cráneo. Había muerto al instante. Don tenía el corazón a mil por hora. Mariano le había salvado la vida.

—Ahora estamos en paz —dijo el exagente recuperando el aliento.

Sobresaltado, bajó la montaña de chatarra y vio el rostro de aquel tipo con su última expresión, congelada en el abismo.

—Ya lo creo —dijo el arquitecto—. Me has salvado por los pelos.

Abandonaron el lugar, dejando los cuerpos de aquellos hombres tal y como habían terminado. No importaba, allí no había pasado nada. Pronto, la Policía identificaría los cadáveres y pasaría el informe al Ministerio del Interior. Después, serían ellos quienes rendirían cuentas con el Gobierno Francés.

Al dejar atrás el descampado, vieron que el vehículo permanecía en el otro extremo de la calle. A Mariano le costaba caminar, aunque no era un impedimento para conducir. La visita de aquellos dos había interferido en sus planes pero aún debían encontrar a Marlena.

—¿De verdad quieres continuar con esto, Mariano? —preguntó el arquitecto dubitativo—. Cuando he visto esos trenes, he pensado que todavía podemos abandonar, marcharnos y dejarlo todo.

—¿Quiere repetir la misma historia otra vez, señor? —cuestionó indignado—. ¿No se cansa de ser siempre el que corre?

¿Qué hay de los principios, de sus aires de revancha, del amor de esa mujer? ¡¿Qué diablos hay del discurso que me estaba soltando hace una hora?!

En efecto, él también estaba extenuado, no sólo de la carrera, sino también psicológicamente. Desquiciado de aquel laberinto sin salida. Pero aún creía en él, en su plan, en un final a toda esa historia.

Lo sentía tan cerca, que se negaba a darse por vencido.

—Es distinto, ahora soy invisible, tengo otra identidad.

—¡No, Ricardo! —exclamó por primera vez rompiendo la formalidad que había entre ellos—. ¡Nosotros nunca seremos invisibles! ¡Los problemas se resuelven afrontándolos! ¡No huyendo! ¡Estoy harto de huir!

El eco del grito se dispersó en la calle solitaria.

Don no supo qué responder y prefirió quedarse con la imagen del hombre que tenía delante.

Se escuchó un zumbido. Procedía del pantalón del chófer.

Mariano sacó el teléfono y comprobó la pantalla. El número estaba oculto. Antes de responder, reconoció la voz que había detrás.

—¿Lo has pensado ya, camarada? —preguntó Vélez al otro lado—. Te he dado tu tiempo y empieza a ser tarde.

—Ya te he dicho que no.

—¿Quién es? —preguntó Don.

Mariano le hizo un gesto para que se callara, pero Vélez logró oírlo.

—Ja, ja, ja... —rio con esa voz de lija, fatigada por la nicotina—. Pásame con él, también quiero decirle unas palabras...

Mariano le pasó el teléfono.

—Maldito hijo de perra.

—Esas no son formas de hablarme, idiota, después de haberte perdonado la vida tantas veces... —dijo y murmuró algo ininteligible—. Ahora, tal vez sea el momento de perdonársela a ella.

Se escuchó una grabación con la voz de Marlena.

—¡Déjala en paz!

—¡Ja, ja, ja!

Mariano le quitó el teléfono de las manos.

—Dime qué es lo quieres.

—¿Te has quedado sordo, compañero? Quiero que te entregues.

—No pienso hacerlo.

—Entonces hablemos. Los dos solos —respondió con voz firme—. Sin trampas.

Mariano miró a Don furioso.

—¿Y la chica?

—Está a salvo... de momento —explicó—. Hablemos y después, ya veremos.

—Quiero garantías.

—No me toques los cojones, Mariano. No soy un jodido negociador —contestó y suspiró molesto—. Te espero en un sitio que te resultará familiar... El estudio de tu amiguito... ¡Ja,ja,ja!

—Eres un desgraciado.

—Tienes media hora. Si no apareces, te juro que lo lamentarás... y tendrás que explicárselo a ese chiflado.

La llamada se cortó. Don esperaba expectante a una explicación.

—¿Qué dice ese malnacido?

—Está con él —dijo frunciendo el ceño. Un sentimiento de intranquilidad se apoderó de los dos—. Si no me entrego, la matará.

35

Antiguo edificio de RD Estudios (Barrio de Palomas, Madrid)
   5 de septiembre de 2017

Un año que había parecido una eternidad.

Las imágenes de la normalidad se fundían con lo que ahora quedaba del edificio.

—Conozco cada rincón de ese lugar —dijo Don—. Fue mi hogar durante algún tiempo.

Esas fueron las palabras antes de que se bajara del coche en el aparcamiento y se perdiera entre los setos que lo rodeaban. La seguridad que transmitió, no fue suficiente para el chófer, que temía no poder esquivar la treta de Vélez.

Aparcó el vehículo y no vio ningún otro en toda la explanada de asfalto.

Buenos tiempos pasados, pensó al ver aquella imagen, pero no era el momento de ponerse nostálgico. La autonomía de la mente era difícil de evitar. Cuando se acercó a la puerta del edificio de dos plantas, vio una luz encendida en lo alto. Procedía del antiguo despacho del arquitecto, la cúpula de cristal desde la que observaba el resto de su realidad.

El teléfono de la recepción sonó. Era una de las pocas cosas que todavía seguían allí. El resto había desaparecido. Ahora, el interior, era un espacio opaco y sin vida.

Dio varios pasos al frente y se aseguró de que no hubiera nadie más vigilándole. Se cuestionó qué haría el arquitecto, dónde estaría escondido y si, realmente, se había arrepentido de su decisión.

Atendió el teléfono y se lo acercó al oído.

—Sube —ordenó la voz de Vélez.

Colgó y vio el ascensor a escasos metros de él. Pudo tomarlo, pero habría sido un error. A la salida, corría el riesgo de ser agujereado a balazos. Luego pensó que, si era lo que Vélez buscaba, lo habría logrado con tan solo entrar en el edificio.

Tomó las escaleras contando cada peldaño como si fuera el último, hasta que llegó a una puerta de emergencia que daba con el pasillo que llegaba al nivel superior.

Empujó la manivela y la luz llenó la oscuridad. Sintió el olor a tabaco negro, a los Ducados que Vélez y él solían fumar juntos. Aquel mamón había sido el causante de su adicción durante los días de trabajo en los que no había mucho que hacer.

—¿Alguna vez te invitó a venir aquí? —preguntó a lo lejos.

El vacío provocaba que su voz se extendiera por toda la oficina.

Vélez fumaba en el interior del despacho de cristal, de pie, mirando al horizonte. Habían pasado décadas desde su último encuentro. Mariano sintió cómo el vello de los brazos se le erizaba y un flujo de sentimientos contradictorios lo contaminaba.

«No olvides quién es», se repitió antes de comenzar a hablar. Vélez sabía jugar, casi tanto, como él, y no tardaría en rememorar historias del pasado para aflojar su defensa.

Estaba gordo, le habían salido canas y seguía usando las mismas lentes que llevaba antaño. Era como si el tiempo se hubiera parado para él.

El chófer caminó unos metros y se detuvo.

—Te recuerdo lo que le pasó al Lobo después de venir aquí —dijo Mariano con voz calmada. Su interior era un volcán en erupción.

—Qué cabrón eres... —dijo con sorna—. Fuiste tú, ¿verdad? Me lo temía. En fin, era su destino.

—Puede ser. ¿Cuál es el tuyo?

Vélez se ajustó las monturas y le pegó otra calada al cigarro. Era angustioso estar en ese despacho, pero no parecía importarle.

—No me hagas reír —dijo y le dio un repaso—. ¿Sigues fumando?

—Dejémonos de historias. ¿A qué esperas?

Vélez volvió a reír.

—¿A qué espero? Eres tú quien lleva esperando desde que te largaste... —contestó—. Ambos sabemos que has soñado con este momento. Tú estás aquí para matarme y yo para entregarte... Por suerte, sólo debo mantenerte vivo... La Policía os estará buscando en breve por toda la ciudad. Como ves, tenemos intereses diferentes, Mariano.

Su seguridad le incomodaba.

—Es un farol... ¿Y el inglés? ¿Dónde está?

—Estamos solos, te doy mi palabra.

—Vete al cuerno. ¿Te crees que soy tan tonto como tú? —preguntó mirando de nuevo alrededor—. Acabo de deshacerme de esos dos franceses. Sigues siendo un inepto hasta para contratar...

Vélez levantó una ceja. No sabía de lo que hablaba, pero era tarde. Sospechó que, si se había limpiado a dos agentes, la alarma ya habría saltado.

—Mejor me lo pones... Escucha, no te preocupes por el inglés... —dijo y dio otra chupada al pitillo—. Le hará compañía a tu ahijado. Estarán entretenidos.

—Le arruinasteis la vida.

—Vaya, ahora seremos nosotros los malos... —respondió y se acercó unos metros abandonando el despacho de cristal—. Conseguí que el CNI reiniciara el programa PRET a cambio de que eligiera personalmente a un sujeto en condiciones... Cuando pareció entrar en razón, lo tuvo que joder todo... Aquellas misiones en Dinamarca y Polonia habrían terminado bien, si no fuera porque alguien le convenció para que se quedara con el lápiz de memoria, una información que... siendo sincero... me costó un fuerte disgusto personal y unos tantos millones de euros a los servicios de inteligencia... Pero fuimos los malos... Le dimos la oportunidad de tener una vida mejor, acorde a su naturaleza... Un trabajo pagado, seguir la relación con esa mujer, además de mantener todo esto, sin contar con la cantidad de dinero que desviaba a Suiza para evitar pagar a Hacienda... Iba a tener cobertura gubernamental, poder desahogarse a sus anchas, ser un caso cerrado para la clase política... pero fuimos los malos... Y tú, que siempre tuviste que estar detrás, condicionando sus decisiones... ¿Qué hiciste por él?

—Sabes tan bien como yo, que eso no es verdad.

—¡Por favor! ¡Es un criminal! ¡Un asesino en serie! ¡Un trastornado! —gritó. Su voz se expandió—. ¡Tú mismo lo decías! ¿Qué esperabas? ¿Que le ofreciéramos una paga mensual y unas vacaciones en Mallorca? ¡Tú fuiste quien lo manipuló! ¡Sólo tú!

—¡Eso no es cierto! —gritó Mariano, dolido por las palabras ajenas y se acercó un poco más. Encarados en línea recta, parecían dos vaqueros del oeste a punto de desenfundar—. ¡Yo le ofrecí la libertad!

—¡Y un cuerno! Eres un egoísta, un jodido manipulador egoísta... Te creíste más listo que el resto y eso te pasó factura.

—No te atrevas...

—Sí, Mariano. Asúmelo de una maldita vez —prosiguió con su voz de ultratumba—. El culpable de que tu familia muriera en aquel accidente, fuiste tú, sólo tú... El único que se rebeló ante las órdenes que nos había dado el nuevo jefe... Nosotros nunca te pusimos la zancadilla, éramos amigos... Nunca devolviste mis llamadas, no me dejaste darte una explicación, ni siquiera avistarte de lo que iba a suceder... ¿Recuerdas? Pero en este oficio es muy fácil encontrar un repuesto... Tú lo provocaste, tú recibiste tu castigo. No hubo nadie más detrás de aquel asunto.

—¡He dicho que no te atrevas! —gritó y sacó la pistola por debajo de la cintura.

Vélez desenfundó su revólver Magnum Smith & Wesson a la vez.

Se oyeron dos estrépitos.

El silencio inundó la parte superior del edificio.

36

Don esperaba entre las sombras de la noche y los árboles que había junto al aparcamiento.

En su cabeza se libraba un violento combate entre lo que debía hacer. Llegar hasta el final, poner fin a aquella noche, desaparecer para siempre. Las agujas del reloj corrían en su contra.

La figura de Mariano desapareció al cruzar la entrada del viejo edificio. Aquel complejo de cemento, su obra más preciada, ahora parecía formar parte de las ruinas de un imperio.

Caminó hacia la recepción de manera sigilosa. Tanto él como el chófer sabían que les estaban tendiendo una trampa. Adentrarse en la boca del lobo, no era lo más inteligente. Finalmente, pensó que, si dejaba marchar a Mariano, probablemente también tuviera que olvidarse de encontrar a Marlena. Algo en su interior se removió cuando pensó en ella. La influencia de la ingeniera sobre él, de la imagen idílica que aún conservaba; de esa mujer que había abierto la jaula de su corazón para decirle que existía otra forma de vida, permanecía intacta en su interior, a pesar de que ella ya no fuera la misma. Entendió que aquella era la razón por la que nunca se había enamorado antes, la causa por la que ninguna mujer había sido capaz de conquistar sus pensamientos. Una vez Lafuente lo hubo hecho, todo fue a la deriva. Don perdió el control. Malos tiempos para el amor en una era donde todo tenía fecha de caducidad. Lo arriesgó todo por una mujer pero, a diferencia de lo material, las personas nunca seguían siendo las mismas.

Cuando cruzó la puerta del edificio, una brisa helada se apoderó de sus huesos.

La cinta de vídeo de los recuerdos se activó y, de repente, en su imaginación, como una experiencia real, aquel lugar se llenó de vida, de color y de humanidad. Llegó a sentir el bullicio del ajetreo matinal. Ya no tenía barba e iba vestido de traje.

—No, no es real —dijo en voz alta meneando la cabeza—. Nada de esto existe, Ricardo...

La recepcionista miraba a la pantalla de un ordenador de color gris. La entrada se iluminó con halógenos incandescentes. Las plantas, los sofás en la sala de espera, las láminas que reproducían los proyectos con más reputación del arquitecto. Estaba allí, de nuevo, como si nada hubiera ocurrido.

De repente, escuchó dos explosiones procedentes de la planta superior.

El estruendo lo sacó del trance y, de nuevo, la sala estaba vacía, sucia y deshabitada. Los cuadros, las plantas y el decorado habían desaparecido.

—¡Mariano! —exclamó al regresar a su cuerpo y reconocer el sonido de los disparos.

Corrió en dirección a las escaleras, cuando una corriente de aire lo sorprendió y un golpe lo lanzó contra el mueble de la recepción. Don cayó al suelo, aturdido, no sabía de dónde había venido. Pronto descubrió que había otra persona. Era el mismo hombre que había asesinado a Irene Montalvo.

—No te muevas —dijo James Woodward con el mechón del flequillo despeinado, apuntándole con su Smith & Wesson—. Si no te he disparado todavía, es porque te necesito vivo... Pero, si me obligas, vaciaré el cargador en tu cara.

Don se limpió la boca de sangre.

Tenía un arañazo en el pómulo y un fuerte escozor le recorría la cara. Por suerte, el impacto no le había descosido la herida de la cabeza. Con el cañón de aquel tipo a escasos metros de él, lo miró a los ojos y entendió que estaba puesto a disparar. Su naturaleza le impedía rendirse, a pesar de la situación. Debía esperar, ser cauto y aprovechar cualquier descuido para desarmarlo. Estaba demasiado cerca como para arrebatarle el arma de una patada. Un disparo y habría terminado todo.

—Tú eres el famoso James Woodward... —dijo Don moviéndose hacia delante lentamente sin que el inglés lo advirtiera—. ¿Dónde está Marlena?

—Me honra que sepas quién soy. ¿Debería estar orgulloso? —preguntó con ironía—. No te imaginas lo que he esperado este momento.

—Todos dicen eso antes de morir...

—No tendrás tanta suerte esta vez, bastardo. Tu día del juicio ha llegado... pero no seré yo quien te juzgue.

Don sonrió para sus adentros. Su soberbia lo convertiría en cadáver.

—¿Dónde está Marlena? —insistió. Estaba ganando tiempo. Se preguntó qué habría pasado arriba. Woodward parecía preocupado—. Te juro que te arrancaré la cabeza como la hayas tocado...

—Claro. Lo que tú digas, chalado.

Don contempló su actitud desde el suelo.

Al inglés no le gustaban las preguntas.

—¿Qué clase de hijo de puta eres? —preguntó arrastrándose unos centímetros más. Si tomaba la distancia perfecta, podía romperle la rodilla de una patada—. Los he conocido de muchas clases... pero no logro clasificarte.

Woodward lo miró de nuevo y sonrió.

—De los que disparan antes de hablar —dijo e inclinó el arma hacia su pecho.

Atrapado, la oportunidad llegó al oír un tercer disparo que desvió la atención del inglés.

Don se impulsó y le golpeó en la rodilla. El golpe no le llegó a romper el hueso, pero desestabilizó al inglés lo suficiente para escaparse. El español se puso en pie y corrió hacia las escaleras. Woodward, rápido, apuntó y descargó dos balas que rozaron la estela del arquitecto.

Don estaba acorralado entre dos escenarios. Arriba se había producido una reyerta de la que desconocía al ganador. Abajo, siguiendo sus pasos, el inglés le abatiría por la espalda si no se daba prisa. Sacó su arma, vislumbró la salida de emergencia y empujó de un golpe arriesgándose a ser abatido.

* * *

Primero encontró a Mariano tumbado en el suelo con la camisa manchada de sangre.

Uno de los disparos le había atravesado el estómago. Seguía vivo, malherido y respirando con dificultad. Al otro lado del pasillo, vio a Vélez, tirado bocarriba con una mano en el cuello para taponar la hemorragia. La sangre había manchado la chaqueta y apenas podía hablar.

—Don... Estoy... Estoy bien... —dijo Mariano tartamudeando

y se apoyó en la pared.

Cuando Vélez vislumbró la figura del arquitecto, hizo un esfuerzo por levantar el Magnum y apuntar hacia él. No podía creerlo. Estaba furioso. Mariano se iba a desangrar si no llamaban a una ambulancia. Un sentimiento de culpa lo prendió por dentro. Una culpa que no era consecuencia de los últimos días, sino del calvario que había sufrido desde niño. Si él nunca hubiera matado a su padre, si nunca se hubiese transformado en el monstruo que ahora era, nada de eso habría sucedido. Sólo los pecadores debían ir al infierno. Si el Todopoderoso lo había dejado con vida hasta ese momento, significaba que aún no había terminado su misión.

Rápido y decidido, se adelantó unos metros, dejó atrás a Mariano y encaró de frente a un Vélez moribundo que auguraba su fin.

—Púdrete en el infierno, desgraciado —dijo y le disparó hasta tres veces.

El cuerpo se movió como si estuviera practicando un baile tribal y después regresó al suelo como una plancha de acero. El estruendo le provocó un pitido en el oído. El olor a pólvora inundó la sala.

Cuando se giró para asistir al chófer, descubrió la figura del inglés, esta vez apuntando a Mariano. El exagente hacía un esfuerzo por soportar el dolor. La hemorragia le estaba provocando convulsiones, pero luchaba por su vida.

—Gracias por ahorrarme el trabajo —dijo Woodward y miró al español—. Tira el arma.

—No... Don... —dijo Mariano.

Era la segunda vez que le llamaba así.

Don se quedó quieto. Sus ojos se volvieron negros como el abismo. Estaba completando su transformación.

—¿No me has oído, lunático? —preguntó y golpeó a Mariano en la cabeza con el canto del cañón—. Tira la jodida pistola.

Las respiraciones eran cada vez más profundas.

«Don, ya no importa nada», le susurró la voz que había estado ausente durante todo ese tiempo.

Mariano observó al arquitecto.

—Apártate —dijo Don.

El inglés entornó la mirada con asombro.

Don estaba quieto, sujetando el arma y moviendo los hombros al compás de la respiración.

A Woodward le sorprendía la terquedad del español. Estaba preparado para resistir hasta el último instante, pero no iba a poner en riesgo su vida por una misión. En el peor de los casos, volvería a Londres con dos muescas más en su pistola.

Empujó la cabeza de Mariano con el cañón unos centímetros. El exagente presentaba un aspecto pálido. La mano le temblaba y la otra no conseguía taponar la sangre que brotaba de su estómago.

Don lo observó. Tenía un aspecto lamentable, pero aún guardaba fuerzas para estirar el brazo y levantar la pistola.

«Vamos, Mariano, tú puedes lograrlo», pensó al anticipar sus intenciones.

—¡Tira el arma, imbécil! ¡Dispararé si no lo haces!

Don sonrió cuando vio al Escorpión levantando el brazo para disparar al inglés a la altura del ombligo. Una bala, eso era todo lo que necesitaban. Después, lo llevaría hasta el hospital más cercano.

—Dime dónde está Marlena... —ordenó por última vez para distraerlo.

El inglés sonrió. Advirtió el lento movimiento de Mariano y no dudó en tirar del gatillo. Don vio dos fogonazos. Mariano se desplomó al instante y Woodward se agachó protegiéndose la pierna. La bala del chófer le había herido el muslo derecho. Una fuerte presión estomacal se apoderó del arquitecto. Levantó el arma con las dos manos y descargó cuatro balazos en el inglés. El agente británico retrocedió varios centímetros hasta chocar contra la pared. Después cayó al suelo dejando un rastro de sangre.

Miró a Mariano, que estaba sin vida, y pensó que no podía hacer nada más por él. El exagente suspiraba con dolor, luchando por mantener los ojos abiertos.

—Mariano...

Con una mirada de camaradería, el chófer se dirigió a él en silencio y le entregó su último adiós, asintiendo con la cabeza. Cuando intentó decirle algo, se apagó por completo.

La rabia acumulada del arquitecto, se transformó en un grito que rebotó en el vacío de la habitación. Mariano se había ido para siempre.

Destrozado, con el rostro enrojecido y los ojos humedecidos, se acercó furioso al inglés, que aún parecía respirar.

Don lo agarró por la cabeza y lo miró a los ojos.

—¡Maldito cabrón! —gritó rugiendo como un tigre enfurecido, zarandeando al tipo con sus manos—. ¡¿Dónde está Marlena?! ¡Dime dónde está!

Woodward empleó sus últimas energías en esbozar una sonrisa de victoria y después se le congeló el rostro. Nervioso, Don rebuscó en sus bolsillos y dio con una billetera. En el interior de ésta, encontró una tarjeta magnética del hotel NH Abascal, aunque no llevaba ningún número asignado.

Tenía una corazonada.

Se puso en pie, le quitó las llaves del coche a Mariano y, sin mirar atrás, salió de allí antes de que llegara la Policía.

37

Los coches patrulla y los furgones de la Policía atravesaban el largo paseo de la Castellana.

Un helicóptero sobrevolaba el centro de la ciudad en medio de la noche cerrada.

Don aparcó en una zona de pago y se bajó del vehículo.

En la entrada del hotel NH Abascal, un grupo de azafatas de Lufthansa cruzaban la puerta de cristal arrastrando sus equipajes de mano. Se abrió paso entre ellas y llegó a la recepción donde un hombre y una mujer le esperaban. Estaba nervioso e intentaba disimular su estado, pero era inevitable. A esas alturas, no tardarían en aparecer las fuerzas del orden haciendo preguntas.

La intuición le había llevado hasta el hotel. Dado que desconocía el número de la habitación, usó uno de los trucos más antiguos para saber en cuál se hospedaba.

—Hola, buenas noches —dijo la recepcionista—. ¿Desea una habitación?

—No —respondió tajante—. ¿Puede avisar al señor James Woodward? Dígale que Vélez está aquí.

La mujer ladeó la cabeza y esperó unos segundos.

Después buscó en el ordenador y encontró el número de la habitación.

Cuando terminó de marcar la tercera cifra, Don ya había desaparecido.

* * *

Abandonó el ascensor y se dirigió hasta la puerta.

«Estás perdiendo el tiempo, lárgate, te van a atrapar...», repetía la voz.

—¡Déjame en paz! —gritó apretándose las sienes.

La voz se esfumó de su cabeza, pero podía regresar en cualquier momento.

Sacó la tarjeta magnética que había robado y la colocó en el lector de la puerta.

—Bravo —dijo en voz alta cuando la luz verde apareció. Movió la manivela y empujó hacia dentro.

Al traspasar el umbral de la habitación, lo primero que vio fueron los pies de la ingeniera sobre la cama. Estaba descalza. A medida que se fue adentrando, reconoció sus largas piernas protegidas por los pantalones de color crema, su torso, las curvas de su pecho y, finalmente, su rostro. Marlena se había desmayado maniatada en el cabezal de la cama. Con urgencia, se lanzó sobre ella y desató el fuerte nudo que el inglés le había hecho para que no se moviera. Ella comenzó a despertar.

El arquitecto agarró una botella de agua, llenó un vaso y se lo acercó para que bebiera. Cuando Marlena abrió sus ojos, encontró la expresión preocupada del arquitecto y sonrió.

Estaba débil, aunque se recuperaría.

—Bebe... —dijo ofreciéndole el agua. Ella dio varios sorbos y dejó los brazos doloridos descansar sobre la cama.

—Sabía que volverías... —respondió ella con esa sonrisa cansada e imborrable de su rostro.

Don le apretó la mano para hacerle entender que no estaba sola, pero Marlena lo miraba de un modo extraño. Él se dio cuenta de ello.

—Todo ha terminado, Marlena —dijo él apoyándose en la cama—. Ya no habrá que huir más. Todos han caído. Soy libre. Somos libres para ser felices.

Se expresaba conmocionado, feliz por verla otra vez, por oler su perfume, por acariciar su piel.

—¿Y Mariano? —preguntó la ingeniera.

Su rostro respondió por él.

—He venido a por ti, Marlena. Vamos, ponte en pie —dijo, animándola a que se incorporara—. Debemos salir de aquí antes de que...

—Espera... —interrumpió poniéndole el índice sobre los labios.

Ella seguía sonriendo, sin saber muy bien qué decir, aún aturdida por los narcóticos, la tensión baja y la falta de alimento. Pero sacó fuerza de sus adentros para transmitirle la verdad.

Las sirenas de Policía se oían a lo lejos.

—No podemos perder más tiempo, amor.

El motor del helicóptero se acercaba al hotel.

—Debes marcharte, Ricardo... —dijo sujetando con fuerza su mano—. Márchate... para siempre... Te lo pido.

Los ojos del arquitecto se inyectaron en sangre. No podía creer lo que estaba escuchando y, menos todavía, aceptar que salía de la boca de esa mujer.

—Pero, Marlena... Te quiero.

El arquitecto hacía un esfuerzo por entender la situación, mientras las lágrimas intentaban escaparse de sus ojos.

—Y yo a ti, Ricardo, por eso quiero salvarte...

—¡Tú eres mi salvación! —bramó dando un golpe al colchón. La ira se apoderaba de él—. ¿No lo entiendes?

—Márchate... Vienen a por ti... —añadió y levantó con esfuerzo el dedo para señalar al helicóptero que se veía a lo lejos por la ventana—. Debes salvarte, debes desaparecer de mi vida... Adiós... Ricardo...

Las personas nunca estaban preparadas para las decisiones. No, al menos, aquellas que vivían con el miedo a perder, ya fuera algo que poseían, una oportunidad futura o la sensación de haber dejado pasar el tren de su vida.

Don siempre había sido bueno en los negocios y también un gran líder por su poder de decisión. Un talento que había desarrollado de joven, pues vivir en cautividad le ayudó a perder el miedo a muchas cosas, entre ellas, la decisión.

Y había tomado una.

Sus dedos se despegaron de la mano de la ingeniera, que seguía con los ojos adormecidos y la sonrisa intacta que había mostrado al despertar. Se acercó a ella a modo de despedida, la miró a los ojos de cerca y le entregó un suave beso en los labios en forma de adiós.

En aquella habitación, el ruido de las sirenas comenzaba a ser molesto para los dos.

Dio media vuelta, abrió la puerta y desapareció de la estancia como siempre acostumbraba hacerlo: sin dejar rastro de su paso.

38

Calle Gran Vía (Madrid, España)
  19 de septiembre de 2007

Aquel día los diarios se abrían con la desastrosa noticia de un seísmo en México.

El fuerte terremoto dejaba cientos de muertos por su paso. El conflicto independentista catalán llenaba las columnas de opinión de los periódicos y en las calles de todo el país no se hablaba de otra cosa.

Atravesando la Gran Vía en dirección a Callao, donde se encontraba el famoso edificio con el anuncio de refrescos, Marlena caminaba entre el rebaño heterogéneo de ciudadanos y turistas de la ciudad, abriéndose paso en un enjambre humano, lento y variopinto, que colapsaba la calzada a diario.

Tenía el día libre. De hecho, llevaba así más de dos semanas, desde la trágica despedida en el hotel. En el trabajo no se habían opuesto a la baja médica que había tomado debido al exceso de estrés y un principio de depresión diagnosticado. Los dos socios que dirigían el estudio la arroparon como mejor pudieron, tan pronto como los agentes de la Policía Nacional irrumpieron allí en busca de respuestas.

A pesar de los esfuerzos por el CNI para que los hechos no se filtraran, los periodistas sacaron a la luz el perfil de James Woodward, un sicario a sueldo que se había cobrado la vida de dos antiguos agentes del CESID en una operación especial. Las noticias lo relacionaban con la inteligencia rusa y la francesa, pero todo eran suposiciones inexactas que llevaban al lector a teorizar hipótesis conspiranoicas. ¿Se encontraba Europa en una nueva Guerra Fría?, planteaban algunos de los columnistas más retorcidos.

Por fortuna o desgracia, tal vez nunca lo supieran. Ni siquiera Marlena conocía todos los detalles de lo que había sucedido aquella noche.

Cuando llegó a Callao, entró en un restaurante Rodilla, una franquicia española de emparedados que buscaba hacerle frente a la comida rápida, y se encontró con Carla, una de las pocas amigas cercanas que aún le quedaban. Después de dos besos, pidió un zumo de naranja natural, un sándwich de salmón y se sentó a la mesa con ella.

—¿Cómo estás? —preguntó la amiga. Encima de la mesa había un ejemplar del diario El País. Marlena lo miró con recelo. Cada mañana temía con que su nombre apareciera en las noticias. Al sentir la mirada de la ingeniera, Carla lo apartó. Después se echó la melena rubia hacia atrás—. No te preocupes. Las noticias se olvidan rápido.

—Está bien —contestó y desvió los ojos al vaso de plástico—. Estoy bien. Estaré mejor con el tiempo.

Carla, sin saber qué decir, le acarició el brazo.

—Sabes que puedes confiar en mí, que no le contaré nada a nadie —dijo desconociendo si eran las palabras adecuadas.

Marlena levantó la vista con desconcierto. ¿Confiar?, no podía confiar en nadie. Ni siquiera sabía lo que significaba ese verbo. Lo único que no quería era meter a Carla en sus asuntos.

—Gracias. Eres muy amable —dijo y dio un sorbo a la pajita—. La terapeuta me ha dicho que debo socializar, realizar actividades nuevas, pasar tiempo fuera de casa... y no hablar de lo sucedido si no es con ella.

Carla se ofendió. Le molestó que confiara más en una desconocida que en su amiga.

—Como quieras, Marlena.

La conversación continuó sin rumbo alguno. Hablar por hablar, decían. Después pasaron a las anécdotas de la infancia. Marlena desconectó, su cabeza se fue de allí en dirección a otro lugar remoto. Tal vez fueran los ansiolíticos, las ganas de desprenderse de su cuerpo, la necesidad de saber qué había sucedido con Mariano o Ricardo.

La imagen se hizo más pequeña y, mientras su amiga continuaba hablando del hombre al que estaba conociendo, Marlena se despegaba del lugar, sobrevolando la ciudad y divisando el mapa como si fuera un pájaro. Un avión se cruzó en el cielo y se preguntó a dónde iría.

—¿Me podrías hacer un favor? —preguntó cortando la conversación.

La amiga se quedó perpleja.

—Sí, claro. Lo que me pidas.

* * *

Cementerio Municipal San Lorenzo Del Escorial (Comunidad de
Madrid, España)
   19 de septiembre de 2007

Era un cementerio pequeño, rodeado de pinos, a las afueras de
Madrid, en la montaña y no muy lejos del histórico Valle de los
Caídos.

   Cruzaron una gran entrada de piedra y continuaron por la
carretera hasta que aparcaron junto a los nichos. Se bajaron
del Seat León y contemplaron el paisaje, la tranquilidad que
transmitía aquella pequeña necrópolis. Marlena tenía la esperanza de encontrarlo allí, junto a su familia. Había comprado
una rosa envuelta en plástico.

   Decirle adiós, agradecerle lo que había hecho por ella, era la
única forma de poner punto y final al episodio que arrastraba
consigo desde la horrible noche del hotel. La terapeuta se lo
había recomendado. Se arrepentía de haber sido tan dura con
él en la estación de Atocha pero nunca somos conscientes de
cómo nos comportamos con la otra persona, porque jamás
pensamos que será la última vez que hablemos con ella.

   —¿A quién buscas? —preguntó la amiga, que todavía no
entendía muy bien qué hacían allí. Carla pensaba que era otro
de sus desvaríos y, por eso mismo, debía estar junto a ella.

   —A un viejo amigo —contestó—. Quiero despedirme de él.

   Marlena buscó su nombre entre las lápidas durante un rato.
Algo le decía que estaría allí.

   Finalmente, llegaron a una hilera de nichos. Allí estaba
enterrada su familia. Alguien se había encargado de limpiar
las lápidas, aunque nadie parecía llevarles flores desde hacía
tiempo. Primero encontró a su mujer, después a sus hijos y,
finalmente, apartado, estaba él.

Marlena posó la rosa sobre la tumba y le dijo adiós con el corazón. En el mármol, había una frase escrita.

«Por una vida dedicada al servicio de los demás».

De pronto, una fuerza magnética la arrastró hacia la lápida. Asustada, se echó hacia atrás y soltó la rosa.

Respiró hondo, volvió a mirar la frase y se dirigió a su amiga.

—Vámonos.

Y así hicieron.

Se prometió que jamás volvería a aquel lugar.

39

Calle Låbyveien (Halden, Østfold, Noruega)
4 de mayo de 2018

Era viernes, la primavera se acercaba al pequeño pueblo de Halden, un municipio de treinta mil habitantes por el que cruzaba el delta del Tista y donde nunca sucedía nada.

En el número cincuenta de la calle *Låbyveien,* un Volvo s40 de color rojo y con más de diez años a cuestas, aparcaba dentro de una parcela en la que ya había crecido el césped de la temporada. La mayor parte del terreno estaba ocupado por una casa de madera de dos plantas y con la fachada algo deteriorada.

El motor del coche se apagó.

Un hombre de cabello corto y oscuro, barba larga y complexión fuerte salió del vehículo. Iba vestido con un abrigo abultado, un jersey de lana, una camisa de cuadros y unas botas de piel dura.

El olor a *tørrfisk,* que era como llamaban al bacalao seco, le dio de bruces al cruzar la puerta. Una hermosa rubia, de piernas largas y piel de porcelana, removía el guiso de la cacerola con una cuchara de madera.

—Ya estás aquí, Rikard —dijo la mujer con voz suave y en noruego—. La cena está casi lista.

Eran las seis de la tarde, el sol aún seguía fuera.

Se dio una ducha, se vistió con unos vaqueros y otra camisa similar y sintió que estaba cansado a causa del trabajo. Los viernes en la fábrica de madera eran agotadores para él.

Cenaron juntos en silencio, al lado de la ventana. Ella estaba contenta porque comenzaba el fin de semana y podrían tener más tiempo juntos. No tenían muchos ahorros, pero habían logrado comprarse la casa donde vivían tras la boda y eso les hacía felices.

Rikard trabajaba los sábados en la fachada y una porchada que estaba por construir. Estaba orgullosa de él y no podía esperar a tener su primer hijo juntos.

—Berit, amor —dijo él terminando el plato—. Esto está delicioso. Eres una gran cocinera.

Ella sonrió complacida por el elogio. Él sabía que su esposa era muy agradecida. También algo inocente.

—Hay más. ¿Quieres?

—No, gracias. Es suficiente —respondió y se limpió los labios con la servilleta de tela—. Tengo que irme en un rato. Los chicos de la fábrica quieren celebrar que Hans será padre.

A Berit no le gustó aquello, pero no se opuso. Rikard no tenía muchos amigos.

—Vale, no pasa nada —dijo algo tristona—. Prométeme que volverás pronto.

Él se levantó de la silla, se acercó a ella y la abrazó por detrás para besarla en el cuello. Berit tembló de placer. Le encantaba lo entregado que era.

—Te lo prometo.

* * *

La carretera era de doble sentido, pero apenas había tráfico.

De noche, conducir era una práctica para los más atrevidos. La falta de visibilidad y el exceso de curvas provocaba que la conducción no fuera fácil.

Desde Halden, tardó una hora y media en llegar a Oslo, la capital del país. La ciudad le hacía sentir cosmopolita, a pesar de la idiosincrasia de los noruegos. En el pueblo, aunque la vida fuera más aburrida y tranquila, la gente era más basta y risueña.

Al cruzar la Østre Tangent, vio las vías del tren y el viejo muelle, ahora remodelado, donde se encontraba el llamado Proyecto Barcode. Sonrió para sus adentros. Le quedaba tan lejos todo aquello, que pensó que sería el recuerdo de otra persona.

Condujo hasta la calle Malmøgata, ubicada en el distrito obrero de Grünerløkka, que ahora se había convertido en el barrio urbano alternativo por excelencia.

Dejó el vehículo en un aparcamiento privado y se acercó a un albergue de alquiler que había justo al lado. De noche, por allí merodeaban turistas de países del sur y del este de Europa, así como americanos, japoneses y gente de la India. La mayoría dormían hacinados en habitaciones donde cabían hasta veinte camas. Sin embargo, también existía la opción de dormir solo.

Reservó una habitación individual, pagó en metálico y subió hasta la segunda planta. Era un cuarto austero, con una pequeña cocina, una cama barata y un edredón. La ventana daba a un parque oscuro. Se sentó en la cama, sacó el teléfono y escribió un mensaje. Veinte minutos más tarde, alguien tocó a la puerta.

—Pasa, pasa... Está abierto —dijo en noruego.

Una chica pelirroja entró en la habitación. Tenía poco pecho, las piernas largas y separadas y una nariz de gancho que llamaba la atención.

Evgenia era rusa y había terminado allí, en Oslo, como él: en busca de una vida mejor.

Se acercó a Rikard y le dio un beso en la mejilla. En las manos llevaba una botella de vodka y dos vasos de plástico.

—Media hora para ti —dijo ella con acento marcado—. He traído un regalo. Quizá te ayude con el apetito sexual...

—Ya te he dicho que no te pago para eso —respondió tajante sin mirarla a los ojos y apartó la botella de su vista—. Bebe tú, si quieres. ¿Dónde está?

—¿Quién?

—Igor. Tu jefe.

Con desaire, la joven rusa abrió la botella y se sirvió un trago.

—¿De veras, Robert? ¿Aún con eso?

Jamás usaba su nombre real. Posiblemente, ella tampoco.

—Vendrá a recogerte si tardas más de lo pactado, ¿verdad?

—Puede ser.

—Dile que te he pegado.

Ella abrió los ojos. Era la primera vez que escuchaba algo así.

—No me va a creer.

Él la miró.

—Entonces lo haré creíble.

Evgenia se asustó y levantó las manos nerviosa.

—Vale, se lo diré. No seas tan duro.

La muchacha eslava bebió en silencio y su cliente esperó contando los minutos. Estaba ansioso por encontrarse con su jefe.

—¿A qué te dedicas, Robert? —preguntó treinta minutos después y tras haberse bebido media botella de vodka, la cual no parecía afectarle en el habla—. ¿Eres un detective?

—Corto madera.

—Ya, claro —dijo ella y sonrió—. Por un momento pensé que eras un tipo normal. ¿Estás casado?

Pasados los treinta y cinco minutos, el teléfono de la rusa sonó. Era su chulo.

—Cuéntale lo que te he dicho —ordenó antes de que descolgara—. Dile que saldré del apartamento y tomaré la ruta del parque.

La joven siguió las órdenes del cliente hablando en ruso por el teléfono. Aunque ella lo desconociera, él entendía perfectamente lo que estaba comunicando. Dijo la verdad y eso lo tranquilizó.

El hombre sacó un sobre con dinero en el interior y se lo puso entre las manos.

—Gracias. Esto es para ti —respondió él—. Cómprate algo bonito.

Cuando se levantó de la cama, dispuesto a salir, ella lo agarró del brazo.

—Robert, no sé qué tienes en la cabeza, pero vas a cometer una estupidez... Recapacita.

Él la miró fijamente. Estaba preocupada por él, sin conocerlo de nada.

—Será mejor que te vayas a casa y te busques otro trabajo —contestó—. Ahí tienes para vivir un mes.

—Robert... te lo digo de verdad. Igor es peligroso.

Él le regaló una última sonrisa y se desprendió de su brazo.

—No, no lo es.

La mujer notó en sus ojos un vacío oscuro que le produjo

pavor.

Quieta y sin palabras, se aferró a la botella y observó cómo ese desconocido desaparecía, cerrando la puerta detrás. Sus caminos, nunca se volverían a cruzarse.

Sobre el autor

Pablo Poveda (España, 1989) es escritor, profesor y periodista. Autor de otras obras como la serie Caballero, Rojo o Don. Ha vivido en Polonia durante cuatro años y ahora reside en Madrid, donde escribe todas las mañanas. Cree en la cultura sin ataduras y en la simplicidad de las cosas.

Autor finalista del Premio Literario Amazon 2018 con la novela El Doble.

Ha escrito otras obras como:

Serie Gabriel Caballero
   Caballero
   La Isla del Silencio
   La Maldición del Cangrejo
   La Noche del Fuego
   Los Crímenes del Misteri
   Medianoche en Lisboa
   El Doble
   La Idea del Millón

Todos los libros...

Serie Don

Odio

Don

Miedo

Furia

Silencio

Rescate

Invisible

Serie Rojo

Rojo

Traición

Venganza

Trilogía El Profesor

El Profesor

El Aprendiz

El Maestro

Otros:

Motel Malibu

Sangre de Pepperoni

La Chica de las canciones

El Círculo

Contacto: pablo@elescritorfantasma.com

Elescritorfantasma.com

Si te ha gustado este libro, te agradecería que dejaras un

comentario donde lo compraste.

Made in the USA
Monee, IL
09 August 2024

63577234R00156